W0020358

Victor Pouchet

Warum die Vögel sterben

VICTOR POUCHET

WARUM DIE VÖGEL STERBEN

Roman

Aus dem Französischen
von Yvonne Eglinger

BERLIN VERLAG

Mehr über unsere Autoren und Bücher:
www.berlinverlag.de

Die Arbeit der Übersetzerin am vorliegenden Text
wurde vom Deutschen Übersetzerfonds gefördert.

ISBN 978-3-8270-1377-4
Die Originalausgabe erschien unter dem Titel
Pourquoi les oiseaux meurent bei Éditions Finitude, Le Bouscat

Satz: psb, Berlin
Gesetzt aus der Adobe Garamond Pro
Druck und Bindung: GGP Media GmbH, Pößneck
Printed in Germany

»Es ist unendlich wahrscheinlich, dass man nicht an Krankheit, Unfall oder Alter stirbt – ich behaupte vielmehr, dass man an dem stirbt, was man nicht erlebt hat.«

Frédéric Berthet

Es hatte tote Vögel geregnet. Das sagte ich den Flussschiffern am Anleger des Pariser Hafens immer wieder. Sie sahen mich seltsam an. Dabei stimmte es haargenau: Es hatte tote Vögel geregnet. Ich ging von Lastkahn zu Lastkahn, um mein Anliegen vorzubringen: Ich wollte mit ihnen die Seine hinunterfahren, um mir die Vögel anzusehen und um ins Umland von Rouen zu gelangen, wo es mehrfach Niederschläge toter Vögel gegeben hatte. Mehrere Schiffer lachten mir ins Gesicht, ein anderer hörte mir aufmerksam zu und riet mir, zur Gare Saint-Lazare zu gehen, wo stündlich Schnellzüge nach Rouen abfuhren, ein weiterer, der Sand transportierte, antwortete in einer Sprache, die ich für Tschechisch hielt. Sie würden noch nicht ablegen, sie verstanden mich nicht, sie hatten keinen Platz für mich, es interessierte sie nicht die Bohne.

Einer der Schiffer verwies mich schließlich an das Büro der Gesellschaft *Blue Seine*, die Flussfahrten auf diesem gar nicht so blauen Fluss anbot. Auf einem Plakat am Eingang tranken junge Rentner an Deck eines Schiffes bunte Cocktails und lächelten dazu nachdrücklich vor der Kulisse eines Steilufers: »Gehen Sie an Bord der *MS Botticelli* und entdecken Sie bezaubernde Landschaften und die Kulturschätze zwischen Paris bis Honfleur.« Ich stieß die Tür auf. War ich nicht letztlich so etwas wie ein Rentner von bald neunundzwanzig Jahren? Meine Haare wurden allmählich grau, ich war schon lange vergesslich, lebte gemessen vor mich hin.

Eine junge Frau in Matrosenuniform verkündete mir, dass sich die *MS Botticelli* derzeit in Reparatur befinde, es aber verbilligte Plätze auf der vornehmen *Seine Princess* gebe, einem Schwesterschiff mit der gleichen Reiseroute. »Wir befinden uns da genau im selben Angebotssegment«, erklärte sie mir, als wollte sie jede romantische Illusion, die ich möglicherweise mit dieser Reise verband, im Keim ersticken. Ich kaufte ein Ticket und bekam eine Zweierkabine auf diesem Schiff von hundertzehn Metern Länge und elf Metern Breite, das in fünf Tagen ablegen würde.

Ich hatte nicht gewagt, ihr den Grund meiner Reise zu nennen. Ich hätte ihr die Bilder von dem Feld toter Vögel beschreiben müssen, die vorige Woche auf meinem Fernsehschirm aufgeflackert waren und nun wie in Endlosschleife durch mein Hirn geisterten. Ich erinnerte mich an die Totale, die einen Eindruck der Szene vermittelt hatte. Dann an den Kommentar des Reporters, der den Fundort näher beschrieb: »In einem Umkreis von etwa hundert Metern ist dieser seltsame Regen in der Kleinstadt Bonsecours ...«

»Bei mir, das ist bei mir!«, schrie ich das Fernsehgerät an. Diese Sintflut hatte sich in meiner Heimat ereignet, in der Stadt, in der ich vor meinem Umzug nach Paris die schlimmsten und besten Jahre meines Lebens verbracht hatte, also eine Kindheit. Den genauen Schauplatz in Bonsecours hatte ich nicht wiedererkannt. War es vielleicht hinter der alten Turnhalle in der Nähe der Route de Darnétal? Man sah ein von Einfamilienhäusern gesäumtes Feld, auf das von zarter Hand an die hundert kleine schwarze Leichen gebettet schienen. Einige lagen auf der Seite, andere reckten die Füßchen gen Himmel. Auf den Flügeln glänzte irgendetwas, als wären alle Federn mit zähem Blut verklebt.

Die an ihren Haustüren gefilmten Anwohner sagten wenig mehr als dies: Es war weder ein richtiger Platzregen noch ein kurzer Schauer gewesen, aber am frühen Nachmittag hatte es für wenige Minuten tote Vögel geregnet. Hunderte Vögel waren auf die Erde gestürzt. Ein Kind, das gerade auf der Schaukel saß, war vom Schnabel eines Stars am Ohr verletzt worden, die Leute wurden durch das dumpfe Geräusch von Gegenständen, die auf ihr Dach klatschten, aus dem Mittagsschlaf gerissen. Einige Einwohner hatten einen Angriff vermutet. Doch die gefiederten Bomben explodierten nicht, sie stürzten einfach ab, wie vom Fliegen erschöpft. Von Weitem schien das Ganze eine geometrische Form darzustellen, die es zusammenzufügen galt, wie bei diesen Zeichnungen für Kinder, bei denen man Zahlen verbinden muss, damit ein Umriss entsteht. 26-27-28-29-30: Prinzessin, Elefant, Totenkopf?

Im Fernsehbeitrag tauchte immer wieder das Wort *Regen* auf, obwohl das Ereignis herzlich wenig mit einfachem, zu Tropfen kondensiertem Wasserdampf zu tun hatte. Es ließ eher an den Weltuntergang denken, an die Auflösung der Gesetze der Schwerkraft, die Unmöglichkeit des Fliegens und der Leichtigkeit. Es war Oktober, Herbstanfang, und in der Haute-Normandie hatte es Tierkadaver geregnet.

Die Verkäuferin idyllischer Kreuzfahrten lächelte mich ruhig an und überreichte mir einen Umschlag mit meinem Ticket und eine Reisebroschüre. Ich hätte ihr erklären sollen (gefragt hatte sie mich nicht), dass mich Vögel schon sehr viel länger beschäftigten als seit jenem Oktobermorgen. Ich hätte ihr die Geschichte vom grün-gelben Papagei mit den schwarzen Flecken erzählen sollen, den wir in jenem Herbst, als ich sieben Jahre alt war, in Bonsecours aufgelesen hatten. Wir hatten geglaubt, dass er den Winter in der Normandie nicht überleben würde, und ihn deshalb eingefangen, als er nah genug an uns vorbeiflog, überzeugt davon, eine gute Tat zu vollbringen. Wir kauften ihm einen großen, blauen Käfig, tauften ihn Alfred, was, wenn man nur will, ein echter Papageienname ist, und er verbrachte den Winter im Warmen in unserem Wohnzimmer. Doch schon im folgenden Sommer begann Alfred, sich merkwürdig zu benehmen: An manchen Tagen kreischte er stundenlang ohne Unterlass, dann wieder hüpfte er wie wild auf seinem Futtertrog herum. Wir lagerten ihn in den Garten aus, um dieses Toben nicht länger aushalten zu müssen. Eines Julinachmittags, als ich gerade allein im Wohnzimmer spielte, hatte

Alfred sich unvermittelt mehrmals gegen sein Käfiggitter geworfen und dazu spitze Schreie ausgestoßen. Ich lief zu ihm, um ihn nach Möglichkeit hinter seinen Gitterstäben hervorzuholen, aber er flatterte immer entschlossener und verstörter, und ich bekam Angst vor den Schreien, den ausgerupften grünen und gelben Federn, Angst, dass er auch mich mit seinen Krallen oder seinem Schnabel verletzen könnte. Ich trat zurück und wohnte den letzten Augenblicken des Vogels bei, der sich nach einigen Minuten schließlich selbst zerschmettert hatte, in einem Wust aus Federn und Blut. Es war das erste Mal, dass ich ein Lebewesen sterben sah. Meine Eltern (wo waren sie zu diesem Zeitpunkt?, ich habe nicht die geringste Ahnung) kamen nach Hause und fanden mich in Tränen aufgelöst vor dem Grabkäfig hocken, unfähig zu sprechen, sogar unfähig zu erklären, was sich abgespielt hatte. Ich war überzeugt, für diesen Tod verantwortlich zu sein, und ich brachte unter Schluchzern nichts anderes hervor als: »Es ist meine Schuld, es ist meine Schuld.« Mein Vater hatte versucht, mich zu trösten: »Jetzt beruhig dich wieder, ist nicht so schlimm, der Vogel ist doch jetzt egal!« Die Szene hatte mich so tief verstört, dass meine Mutter mir schließlich sogar verbieten musste, tote Vögel in meine Schulhefte zu zeichnen, was ich damals geradezu zwanghaft tat. Ein paar Monate später hatte ich von meinem Bruder das Video von *Die Vögel* erbettelt, das er mit unserem Rekorder aufgenommen hatte. Ein erstes Mal sah ich mir den Hitchcock-Film heimlich und schreckensstarr auf dem Fernsehgerät auf unserem Dachboden an. Dann schaute ich ihn sicher noch drei oder fünf Mal, ich weiß es nicht mehr so genau. Nachts gingen mir das Gekrächz der Raben und das Geschrei der Möwen nicht mehr aus dem Kopf und krallten sich in meinen Haaren fest. In meinem Bett spielte ich manchmal, dass ich mich verbarrikadierte, wie Tippi Hedren, wenn sie in dieser einen Szene im Zimmer im obersten Stock angegriffen wird. Ich warf Plüschtiere auf meinen Verschlag – sie stellten die Vögel dar, und ihre Schnäbel waren nicht allzu scharf, sodass ich überlebte. Eines Tages war die Videokassette verschwunden. Irgendwann hatte ich dann andere Dinge im Kopf, ersetzte meine ornithologischen Ängste durch andere, schicklichere Sorgen, etwa schulischen Erfolg oder den Wunsch, meinen Eltern und den Mädchen zu gefallen: Der Vogel war doch jetzt egal.

Als ich die Regenbilder aus Bonsecours sah, hatte ich den Eindruck, ein verschütteter Teil meiner Kindheit würde vor meinen Augen wiedererstehen. Als hingen diese Vogelfälle mit einem alten Unheil zusammen, das sich endlich offenbarte. Die Angestellte von *Blue Seine* lächelte mir zu, und ich sah sie gar nicht richtig an. Ich hätte ihr erklären müssen, dass mich diese Fixierung auf Vögel seit einigen Tagen beinahe beruhigte. Es drehte sich nicht mehr alles nur um mich.

Mein Vater lebte noch immer in Bonsecours, und mir kam der Gedanke, dass er vielleicht mehr darüber wissen könnte. Ich hatte ihn daraufhin mehrmals zu erreichen versucht, aber er war nicht ans Telefon gegangen.

Wenn drei Tage nach dem spektakulären Regen von Bonsecours nicht ein weiterer in Blainville-Crevon niedergegangen wäre, einige Kilometer nördlich von Rouen, und am Tag darauf bei Bardouville, gegenüber der Abtei Saint-Martin, wieder in einer Seine-Schleife, vielleicht wäre ich gar nicht an Bord gegangen oder wenigstens nicht so bald.

Ich saß im Café an der Ecke Rue des Martyrs und Avenue Trudaine. Ich hatte die Zeitung aufgeschlagen, aber mein Blick schweifte immer wieder von den Seiten zu dem Karussell hinüber, das auf dem Platz mir gegenüber aufgebaut war und in so grellbunten Farben leuchtete, wie man sie nicht einmal im knalligsten Zeichentrickfilm findet. Ich betrachtete die verlorenen Blicke der Kinder, die sich dort vergnügten (zumindest gab jedermann vor, an dieses Vergnügen zu glauben). Mir schien es eher, als wüssten die rotierenden Knirpse gar nicht, was sie an diesem Gekreise eigentlich finden sollten. Auf ihren Sitzen im Führerhaus eines Feuerwehrautos, in einem Raumschiff, auf dem Rücken eines Reihers oder auf einem Motorradsattel – in wie viele Leben die Kleinen da nicht schlüpfen konnten – schienen sie bei jeder Runde nach ihren Eltern zu spähen und auch wieder nicht zu spähen, die diesen Blick erwiderten oder auch nicht, vertieft in eine Zeitschrift, eine Unterhaltung oder vielleicht bloß in das mittelmäßige Drehbuch ihres eigenen Lebens, bar jeden Schwindels. Das Karussell war mir damals wie ein sehr ernstes Spiel vorgekommen, dessen Reiz darin bestand, seiner Mutter nur ja keine Beachtung zu schenken, um sie bei der nächsten Umdrehung umso sicherer wiederzusehen; man jagt sich selbst Angst ein und erlöst sich wieder davon, man versucht, sich zu *verlieren*. Ich betrachtete diese Szene und dachte erneut, dass es, anders als einen manche Leute immer noch glauben machen wollen, so etwas wie eine unbeschwerte Kindheit nicht gibt. Auf dem Karussell sah ich wieder den Jungen mit den wirren Locken vor mir, der ich selbst meiner Meinung nach einmal gewesen war, der davon träumte, bewundert zu werden, seinen Platz in der als Strudel empfundenen Welt zu finden, verstrickt in seine Sehnsüchte, zweifelnd, ob es wohl im Hubschrauber oder festgeklammert an Mickymaus schöner wäre. Als ich dann weiter in meiner Tageszeitung blätterte, riss ein Artikel mich abrupt aus meinen Träumereien: »Neue Niederschläge toter Vögel entlang der Seine in der Haute-Normandie, bei Blainville-Crevon und Bardouville. Rund um den Fluss mehren sich die Fragen.«

Ich hatte den Rest des Tages im Bett verbracht, als wöge die Neuigkeit zu schwer, um mich weiter auf den Beinen zu halten. Nach dem ersten Bericht hatte ich sehr gewissenhaft damit begonnen, alle Artikel über den Vorfall auszuschneiden und in ein Heft zu kleben. *Paris-Normandie* hatte das Thema wiederholt behandelt, einmal sogar auf einer ganzen Seite, die überregionale Presse widmete ihm einige Kurzmeldungen, Umweltschutzorganisationen schickten Pressemitteilungen raus, regionale Ornithologen- und Jagdverbände äußerten sich öffentlich, menschliche Wesen setzten Posts in Internetforen ab. All das übertrug ich in mein Heft. Ich klebte Fotos ein, Bilder lebender und toter Stare, aufgenommen in Bonsecours und anderswo, wissenschaftliche Arbeiten über die große Familie der Sperlingsvögel und alles, was mit früheren, diesem Regen vergleichbaren Ereignissen zu tun hatte. Ich sammle Hinweise auf den sich vollziehenden Weltuntergang, dachte ich bei mir. Die Frage nach den Ursachen wurde von niemandem mit Bestimmtheit beantwortet, zu viele Theorien waren im Umlauf. Auch über die Abfolge war nichts zu finden: Wann genau waren diese Vögel gestorben? Im Flug, beim Aufprall auf die Erde, in einem gewaltsamen Regen oder schon lange vorher? Ich vertiefte mich wieder in mein Heft und klebte den neuen Artikel ein. Ich hatte Gleichungen aufgestellt, die mich keinen Schritt weiterbrachten, Datumsangaben mit der Anzahl toter Vögel multipliziert, die Koordinaten von Längen- und Breitengraden durch den Umkreis des Vogelfalls geteilt. All das führte zu nichts, und ich verfiel in kritzelnde Rastlosigkeit. Im Internet startete ich mit immer neuen Begriffslisten diverse Suchanfragen: »regen tote vögel 20. jahrhundert normandie«, »absturz stare rouen bonsecours«, »gift vögel seine blainville crevon«, »ornithologe experte vogelsturz fluss«, »grund plötzlicher tod vögel im flug« und weitere Wortfolgen für den Algorithmus, den ich mir allmächtig erhoffte. Bei dem Ausdruck »Suchmaschine« stellte ich mir eine riesige, lärmende Turbine vor, die im Maschinenraum eines Ozeandampfers Schmieröl und schwarzen Rauch ausdünstete, und dieses Bild wollte so gar nicht zu der nüchternen Internetseite passen, auf der in einer großen, weißen Wüste bloß der bunte Schriftzug »Google« prangte. Ich habe versucht, diese Wörter zu drehen und zu wenden, und mich gefragt, warum und an wessen Stelle sie sich in meinem Kopf einnisteten: *Vögel Regen tot tote Vögel Vogelregen.* Ich hatte die Hoffnung, dass ein sinnvoller Satz dabei herauskäme. Abrupt stand ich vom Schreibtisch auf und legte mich wieder ins Bett, mir war heiß, ich öffnete das Fenster, starrte die apathischen Tauben auf dem Balkon gegenüber an, als könnten sie mir irgendwelche Erkenntnisse liefern. Dann ging ich zurück an den Computer und aktualisierte fieberhaft die Website von *Paris-Normandie*, in der Hoffnung auf Neuigkeiten. Über die Vögel gab es nichts, nichts als diese zwei alten Artikel, die bereits in die Untiefen der Seite verdrängt worden waren, hinter dringlichere Kriege und wichtigere politische Äußerungen. Ich regte mich auf, wollte am liebsten laut schreien oder tief und fest einschlafen. Schließlich fand ich die Telefonnummer von Olivier Villemain, dem Ornithologen des Pariser Naturkundemuseums, der in mehreren Zeitungsartikeln zitiert wurde. Ihn rief ich an und stellte mich als

Journalist vor. Er erklärte mir, dass er von Interviews die Nase voll habe, dass das alles keine große Sache sei, eine »Belanglosigkeit«, wie er noch hinzufügte. Trotzdem fragte ich ihn, ob er das nicht auffällig finde, diese drei Regen so kurz hintereinander. Er erwiderte: »Ja, vielleicht, das kann ich Ihnen auch nicht sagen, mich wundert vor allem, dass sie so nah beieinander aufgetreten sind, alle entlang der Seine. Falls irgendetwas dahintersteckt, hat es was mit dem Fluss zu tun, aber wissen Sie, bei dieser Art von Unfällen ...« Er führte seinen Satz nicht zu Ende, gab mir zu verstehen, dass er sehr in Eile war, und legte auf.

Gegen zehn Uhr abends hatte ich beschlossen, vor die Tür zu gehen. Ich verspürte den Wunsch, jemand anderen zu sehen als die Tauben von gegenüber und mein beunruhigtes Spiegelbild auf dem Computerbildschirm. In der Rue Véron traf ich Gilles, im Grand Hôtel de Clermont, das alles andere als ein Grandhotel ist und vor allem von aus der Zeit gefallenen Enzianlikörtrinkern aufgesucht wird. Ich erzählte Gilles von den Vögeln und meinem unbedingten Drang, die aktuellen Ereignisse zu verstehen. Ich fing noch einmal ganz von vorn an. Ich berichtete ihm von Bonsecours, Blainville, Bardouville, dem wiederholt auftretenden Regen, dem übergeschnappten Papagei. Er musterte mich mit einem Lächeln, das ich für völlig unangebracht hielt. Ich sagte: »Nichts fällt einfach so runter. Mir kommt es vor, als wären diese Vögel auf mich gestürzt, auf mein Dorf, meine Kindheit oder vielleicht auch auf etwas ganz anderes. Auf uns. Auf unsere Absturzobsession. Die Zeitungen erschöpfen uns mit ihren Krisen, mit ihrem ›allumfassenden Gefühl des Niedergangs‹. Die Krise ist uns doch zur zweiten Natur geworden. Wir merken das gar nicht mehr. Jeder lebt mit der Krise, in der Krise. Aber Vögel fallen vom Himmel, und keiner schaut hin.« Gilles hatte gelacht und gestichelt: »Na gut, dann geh doch, fahr deine Stare angucken. Und du könntest sie dir ruhig ein bisschen näher ansehen, statt nur vor dem Computer rumzuhängen. Mach doch mal die Augen auf. Alle Stürze sind entlang der Seine passiert? Das ist doch schon mal ein Anfang, hat auch dein Ornithologe gesagt. Du könntest Nachforschungen anstellen, dich ein bisschen nützlich machen.« Ich sah ihn fragend an. »Ja, fahr hin, nimm die Sache unter die Lupe, ist ja nicht so, als hättest du neben der Uni überhaupt keine Zeit, oder?« »Dazu hab ich doch gar kein Recht, Gilles, und außerdem sind die Absturzorte weit vom nächsten Bahnhof weg, die Vögel sind ja nicht auf die Pariser Metrogleise gefallen.« »Und was hindert dich daran, mal wieder nach Hause zu fahren, also zu deinem Vater? Die Seine entlangzuwandern oder zu trampen?« Und da kam mir die Idee: Wie könnte man die Vorgänge am Flussufer besser untersuchen als per Schiff? Es war der einzige Anhaltspunkt, den der Ornithologe erwähnt hatte, das musste ich ausnutzen, musste einen Lastkahn finden, der uns an Bord nehmen würde, Schiff per Anhalter fahren, irgendwo ein kleines Boot auftreiben. Ich schlug Gilles vor, mich zu begleiten. Er entgegnete in irgendwie mitleidigem Ton, Vögel seien nicht so sein Ding. Ich rief: »Aber Vögel sind niemandes Ding, Gilles! Mein Ding sind sie auch nicht, darum geht's doch nicht. Die fallen aber nun mal gerade vom Himmel, nur ein paar Hundert Kilometer von hier, und auch, wenn das ›nicht so dein Ding‹ ist, bleibt es doch ein Unding.« Er hatte einen Augenblick geschwiegen und sich dann über mich lustig gemacht, über den in den Regen schreienden Möchtegernpropheten, der berauscht ist von seinem einsamen Feldzug, der sich auf Vögel beruft, um die Massen zu erreichen.

Gilles hatte vielleicht nicht einmal unrecht mit seiner Herablassung. Und er musste ja auch arbeiten, sich auf einen Prozess vorbereiten, für nächste Woche noch Akten wälzen. Ich war in einem Alter, in dem das Leben der meisten meiner Freunde in geregelten Bahnen verlief und sie ihre Karrieren und auf Dauer angelegten Beziehungen aufbauten, mit klaren Linien und hübschen Farben. Wenn man es so sah, befand ich mich noch immer auf dem Stand eines vor sich hin kritzelnden, farbenblinden Kleinkinds. Seit ich mich von Anastasie getrennt hatte, verliebte ich mich jede Woche neu, gleich mehrmals am Tag, an der Bushaltestelle oder in der Bibliothek. In der Gegenwart meiner Freunde fühlte ich mich, als triebe ich schwerelos dahin, ein Flaschenteufel, der nach Jahren des Zauderns und zu vielen Studiensemestern in einem trüben Bad herumgeschwemmt wird. Die meisten Leute in meinem Umfeld lebten vermutlich ebenfalls ein großes Täuschungsmanöver, aber sie spielten ihre Rollen in der

Komödie namens Erwachsensein besser als ich. Ich fing an, Gilles meine Theorie vom *großen Täuschungsmanöver* zu erklären, aber er musste schon wieder lachen und warf mich auf meine überzogenen Ängste zurück. Mit denen schlug ich mich schon deutlich länger herum als mit den Vögeln und auch noch mit diversen anderen Fragen, etwa der Furcht vor Bedeutungslosigkeit, dem Gefühl des vergeblichen Sichabstrampelns, aber auch mit der unbestimmten Hoffnung, dass eines Tages vielleicht das Abenteuer beginnen würde. Ich bestellte noch ein Bier. Offenbar hatte ich gar keine andere Wahl, als diesen Regen toter Vögel zu meiner Sache zu machen.

Während ich auf die Abfahrt der *Seine Princess* fünf Tage später wartete, machte ich mir weiter Notizen und las in meinem Heft. Ich trödelte herum und suchte nach Büchern, die ich mit auf die Reise nehmen wollte. Ich hatte Zeit und ein paar Hundert Euro auf dem Konto – die Universität zahlte mir ein Stipendium, noch für mehrere Monate, damit ich eine Doktorarbeit schrieb, an der ich nicht schrieb, eine eher beunruhigende als bequeme Situation.

Also setzte ich meine Vogelforschungen ernsthaft fort, mit dem angstvollen Perfektionismus des Musterschülers, denn diese Stare waren gewissermaßen auf mich persönlich eingestürzt, entlang jenes Flusses, der mich mit der Kindheit verband. Dieses Schuldgefühl war einerseits mein größtes Hemmnis und andererseits eine der wenigen Kräfte, die mich überhaupt noch antreiben konnten. In ein paar Tagen hatte ich alle verfügbaren Presseschnipsel über die Vogelfälle zusammengetragen, auch die aus dem Internet (bei der Suchmaschine war ich bis auf Seite 172 vorgedrungen, bevor ich diesen bruchstückhaften und oft kindischen Roman enttäuscht wieder schloss). Um auf andere Antworten zu stoßen, musste ich das Feld der Ermittlungen ausdehnen, meine Netze weiter spannen. Ich weiß nicht, warum ich mich dabei vor allem von meinen Erinnerungen an den Religionsunterricht leiten ließ: Ich sah wieder den eisigen Pfarrsaal von Bonsecours vor mir, der an das Pfarramt grenzte, und vernahm deutlich die Lispelstimme von Pater Simon, der uns von den Abenteuern des Waisenkindes Mose und anderen erbaulichen Episoden aus dem Alten und Neuen Testament erzählte. Es erschien mir vollkommen logisch, meine Suche von dort aus anzugehen. Ich schlug meine Jerusalemer Bibel auf. Sie war wie ein Schulbuch in Plastikfolie eingeschlagen, und innen im Buchdeckel standen in spitzer, roter Kugelschreiberschrift noch immer mein Nachname in Großbuchstaben, mein Vorname und dahinter meine Klassenstufe: 5D. Für einen kurzen Moment trauerte ich der behüteten Zeit nach, als Schule und Glauben noch verpflichtend gewesen waren.

Vom Himmel regnende Tiere stellten in der Bibel keine Seltenheit dar. Meist handelte es sich um göttliche Strafen. Im Buch Exodus steht, wie Jahwe sie mehrfach gegen den Pharao einsetzte, der sich weigerte, die Juden aus Ägypten ausziehen zu lassen. Zuerst Frösche, die »in den Häusern, in den Höfen und auf den Feldern starben«, dass das Land davon stank, später Heuschrecken, die alle Pflanzen verschlingen sollten, und davor bereits Hagel, Stechmücken und Ungeziefer. Ich dachte an die brennenden Bremsenstiche zurück, die ich mir bei meinen Spaziergängen auf Korsika in der Nähe der Ziegenherden geholt hatte, und ich stellte mir vor, dass mein Körper von diesen schillernden

Insekten bedeckt war, die sich klammheimlich niederlassen, Vieh und Menschen das Blut aussaugen. Woher wollte man wissen, dass es sich nicht um dieselben Biester handelte, die Gott einst dem Pharao gesandt hatte, oder zumindest um ihre niederträchtigen Nachkommen? Wie schon die Male zuvor hatte Jahwe den Pharao allerdings gewarnt: »Denn wenn du mein Volk nicht ziehen lässt, lasse ich Ungeziefer auf dich los, auf deine Diener, dein Volk und deine Häuser. Die Häuser in Ägypten werden voll Ungeziefer sein; es wird sogar den Boden, auf dem sie stehen, bedecken.«

Genau wie bei den Heuschrecken und Fröschen macht Jahwe seine Drohung wahr und lässt Ungeziefer regnen.

Muss auch Bonsecours für etwas sühnen? Ein Stück weiter hinten, ebenfalls im Buch Exodus, gibt es einen Wachtelregen. Diesmal handelt es sich nicht um eine Strafe für die Ägypter, vielmehr kommt Gott den Israeliten zu Hilfe. Die sind bereits zwei Monate zuvor aus Ägypten ausgezogen. In der Wüste Sin, zwischen Elim und dem Sinai, sind sie dem Hungertod nahe und beginnen erneut, die Existenz des Herrn anzuzweifeln. Sie fangen an, gegen Mose und Aaron zu »murren« und auch recht nachdrücklich gegen Gott. Deshalb verkündet Mose ihnen durch Aaron, dass der Herr ihr Murren gehört hat und sie am Abend Fleisch zu essen bekommen sollen. Und da dies ein bevorzugter Versorgungskanal des Allerhöchsten zu sein scheint, ereignet sich die wundersame Brotvermehrung kurz darauf in Form eines Regens toter Vögel. Beim Erwachen am nächsten Morgen verwandelt sich der Reif in eine Art Honigbrot – da haben sie also schon fast eine vollwertige Mahlzeit.

Ich hatte so meine Schwierigkeiten, mich bei all den Niederschlägen, Plagen und Himmelsgaben zurechtzufinden. Wie sollte man dieses Import-Export-Geschäft zwischen Himmel und Erde deuten? War der Vogelregen in Bonsecours ein Zeichen, dass es höchste Zeit wurde, aus dem Reich der Franzosen zu fliehen, das Rote Meer zu teilen und sich schleunigst aus dem Staub zu machen, indem man dem erstbesten Mose folgte, der einem über den Weg lief? Nur eins war gewiss: All das hatte sich lange vor unserer Zeit zugetragen.

Zwei Tage nach dieser biblischen Nacht stand ich ganz am Ende des Quai de Bercy, vor der *Seine Princess.* Die meisten Passagiere mussten beim Besteigen des Bootsstegs gestützt werden, um nicht im Wasser zu landen. Ich sah zu, wie sie sich einer nach dem anderen erhoben, sehr vorsichtig, und dachte bei mir, dass sich hinter den Zügen der zuvorkommenden Empfangsstewardess vielleicht ein mythologischer Charon verbarg und diese Menschen gerade nichts ahnend ihre letzte Reise antraten.

Alle taten, als wagten sie sich auf große Fahrt, und schienen Gefallen an dieser Vorstellung zu finden. Die gesamte Schiffsbesatzung trug Uniformen, die eines transatlantischen Ozeandampfers würdig gewesen wären: zweireihige Uniformjacken mit Goldknöpfen, marineblaue Hosen und Röcke, goldene Tressen an den Ärmeln, Epauletten, schwarze Krawatten, *Blue Seine*-Abzeichen, vertraueneinflößende Blicke und besorgniserregende Schirmmützen. Die Passagiere zerrten riesige Koffer hinter sich her, und ich rechnete jeden Augenblick mit der Ankunft eilfertiger Zimmermädchen und Leibdiener, beladen mit Hutschachteln und Weidentruhen. Ich selbst hatte Hemmungen, so zu tun, als bräche ich im Jahr 1923 nach Saigon auf.

Zugleich erinnerte das alles an einen Reisebus voller Rentner zu Wasser: Farbschattierungen zwischen Ocker und Orange, um Hälse baumelnde Fotoapparate, matte Gemüter der Flusstouristen.

An Bord angekommen, brachte ich zuerst meine Reisetasche in die Kabine. Eine Viertelstunde später war ich zum eröffnenden »Briefing« geladen. Ich packte ein paar Sachen aus und verstaute sie in einem Schrank, als wollte ich mich für mehrere Monate einrichten. Ich hatte die Strecke schon Dutzende Male per Zug zurückgelegt, doch jetzt begab ich mich erstmals auf dem Fluss nach Bonsecours: Noch nie war es derart zeitraubend und umständlich gewesen, nach Hause zu fahren.

In der ersten Zeit nach meinem Umzug nach Paris war ich oft nach Bonsecours zurückgekehrt, um meinen Vater zu besuchen. Dann immer seltener, dann gar nicht mehr. Meine Mutter wohnte nicht weit von mir, sie war nach der Trennung meiner Eltern in einen Pariser Vorort gezogen, und ich studierte in Paris; Bonsecours und das väterliche Heim waren weder nah noch exotisch noch gemütlich genug, um ein wirklich attraktives Reiseziel zu bleiben, wie es die Urlaubsprospekte ausgedrückt hätten.

Als ich meine Reise einige Tage zuvor vorbereitete, hatte ich den Internetauftritt von Bonsecours aufgerufen, um zu sehen, ob es Neuigkeiten gab. Ich las: »Bonsecours ist eine Gemeinde mit knapp 7000 Einwohnern, die sich durch ihr Freizeit- und Kulturangebot einen respektablen Ruf in puncto Ruhe und Lebendigkeit erworben hat.« Vielleicht lag es daran, wie perfekt diese Stadt *Ruhe und Lebendigkeit* vereinte, dass sie gar nicht zu existieren schien. Dennoch fand man sie auf der Landkarte, unweit von Rouen. Und ihre Existenz war durch jenen tödlichen, unerklärlichen und belebenden Niederschlag bestätigt worden. Die Bürger von Bonsecours nennen sich Bonauxiliens, was ein wenig an die französische Bezeichnung für Hilfskräfte in der häuslichen Pflege erinnert, jenes Berufsbild des neuen Jahrtausends; Helden des Alltags, die sich alter Menschen annehmen, wenn die es nicht mehr vor die eigene Haustür schaffen.

Suzanne – alle Crewmitglieder trugen ihre Vornamen auf Ansteckern aus falschem Kupfer direkt über dem Herzen – ergriff im Restaurant (auf dem Oberdeck) das Wort. Sie stellte sich als »Leiterin der Bordcrew« vor, zuständig für Verpflegung und Unterbringung der Gäste. »Ich bin so etwas wie die Dirigentin hier und stelle die Verbindung zwischen Ihnen und der Besatzung her, die rund um die Uhr für Sie im Einsatz ist.« Diese Reise war eine Sinfonie, und Suzanne dirigierte die ersten Takte. Einen nach dem anderen stellte sie uns die Crewmitglieder vor: Kellner, Küchenchef, Kapitän, Animateurinnen … Dann erläuterte sie die vor uns liegenden Etappen, die angebotenen Aktivitäten, die »Sinnenwelt« der Mahlzeiten. Ich lauschte der dahinfließenden Melodie; morgens gab es Gymnastik, abends gab es Klaviermusik, es gab Museumsbesuche, eine Bar, drei Mahlzeiten pro Tag und einen Champagner gratis. Das Leben ging weiter.

Unter den Passagieren war ich mit etwa vierzig Jahren Abstand der jüngste. Nach einem Blick in die Runde wählte ich den hintersten Tisch, wo bereits zwei schnauzbärtige Männer und drei Frauen mit tadellosen Dauerwellen saßen.

Nachdem Suzannes Konzert beendet und artig beklatscht worden war, wurde es Zeit fürs Frühstück, die erste Mahlzeit in einer langen Abfolge, die dem Leben zu Wasser Rhythmus verleihen würde. Während man uns winzige Gebäckstückchen servierte, legte die *Seine Princess* vom Quai de Bercy ab. Die Verschmelzung von Putzigkeit und mikroskopischer Winzigkeit erinnerte mich an das Konzept mit großem Marktpotenzial, das Anastasie eines Tages in den Sinn gekommen war: »Man müsste Miniaturdelfine erschaffen«, erklärte sie mir, »quasi Mikrodelfine. Delfine sind die beliebtesten Tiere der Welt. Man benutzt Gentechnik, macht sie winzig klein, Aquarienformat, und zack, verkauft man Hunderttausende davon.« Vielleicht war es an der Zeit, Verbindung mit einem Meeresbiologen aufzunehmen und ihm die Idee zu unterbreiten. Doch ich begnügte mich damit, meine Minirosinenschnecke zu essen und ganz zufrieden durch ein Bullauge dabei zuzusehen, wie die trostlosen Türme der Nationalbibliothek – erstarrte Bücher aus Glas, in denen ich damals eisige Tage zubrachte – in der Ferne entschwanden.

»Guten Tag, Sie reisen allein?«

Das war Schnauzbart Nummer eins.

»Äh, ja … Ja, ich bin alleine hier.«

Es entstand eine kurze Pause. Mir ging schlagartig auf, dass es schwer vorstellbar sein musste, eine solche Kreuzfahrt außerhalb eines »Paarprojekts« und vor Erreichen eines gewissen Mindestalters zu unternehmen.

»Ach, wie nett.« Mein Gegenüber klang beinahe entschuldigend. »Darf ich Ihnen meine Frau Véronique vorstellen? Ich bin Jean-Pierre. Wir machen unsere zweite Kreuzfahrt mit *Blue*. Und was führt Sie hierher?«

»Ich dachte mir, dass, ähm, die Erkundung der Seine, so ein Schiff, also … das Programm klingt sehr interessant.« Ich wusste nicht, was ich sonst noch sagen sollte, aber ich musste das Spiel mitspielen. Besonders kreativ war ich nicht: »Was machen Sie beruflich?«

»Ja, also, ich bin Ingenieur, in der Rüstungsindustrie, aber jetzt schon in Rente.«

Er streckte mir die Hand hin und umschloss meine mit festem Druck. Nach ein paar weiteren Plattitüden – »darf ich Ihnen Kaffee nachschenken?«, »die Croissants sind wirklich lecker« (Kommentare über das Essen, ein echter Alte-Leute-Fimmel) – erläuterte ich ihm den Grund meiner Anwesenheit, die Schnittstelle von ziellosem Tourismus und gewagtem Forschungsvorhaben, eine doppelte Rechtfertigung, so nebelhaft wie dieser Pariser Vormittag.

Jean-Pierre schien das nicht uninteressant zu finden. Nach wenigen Minuten hatte ich mein Tote-Vögel-Heft hervorgeholt und ihm die Ereignisse referiert, die ich in den vergangenen paar Tagen erfasst hatte. Ich legte Zeitungsartikel vor, zeigte Fotos, Seite um Seite. Ich äußerte Hypothesen.

»Wissen Sie, von Vögeln verstehe ich was.« Er unterstrich seine Aussage durch ein kurzes Schweigen. Dann fuhr er fort: »Ich kann Ihnen sogar eine ganz erstaunliche Geschichte über Tauben erzählen.« Ach ja? Ich warf ihm einen ermunternden Blick zu. »Vögel, alles, was fliegt, was runterfällt, das ist mein Ding.«

Hastig fragte ich ihn, was er in der Rüstungsindustrie denn genau gemacht habe. Sein Schnäuzer war daraufhin kurz erzittert. Ein Anheben der Augenbrauen hatte genügt, um den Kampfpanzer seiner Erzählung ins Rollen zu bringen. Er hatte sich schon sehr früh, gleich nach dem Ingenieursstudium, auf Ballistik spezialisiert. Das war 1956. Damals wurde dieser Sektor naturgemäß von der UdSSR und den USA dominiert. Frankreich schlug sich so durch, im Rahmen seiner Möglichkeiten. »Wir haben versucht, ein ballistisches System à la française zu entwickeln«, erklärte er, und diese seltsame Formulierung hatte mir gefallen. Sehr schnell ging Jean-Pierre ins Detail, zählte sowjetische Raketentypen auf, erläuterte ihre Merkmale, verglich die Technologien von Russen und Amerikanern: die seegestützte R-13 (Reichweite: 600 Kilometer, Treffergenauigkeit: 1800 Meter, Antrieb mit hypergolem Treibstoff), die Boden-Boden-Rakete R-9 (Antrieb mit Kerosin und Flüssigsauerstoff, Reichweite: 11 000 Kilometer, Sprengkraft von bis zu 2,3 Millionen Tonnen), zählte schließlich (ich verlor den Überblick) eine neue Reihe von Raketentypen auf, die SM-68

Titan der USA, die LGM – 30F Minuteman, die französische M 1, an der er zehn Jahre lang mitgearbeitet hatte, das Projekt Pluto, das Projekt Hadès, alle antiken Gottheiten zu Spitzentechnologien umfunktioniert, Kombinationen aus Buchstaben und Zahlen, Staustrahltriebwerke, Panzerabwehrraketen, Flugabwehrraketen, Schiffsabwehrraketen, Satellitenabwehrraketen, Raketenabwehrraketen.

Ich bestärkte ihn wiederholt durch leises, beifälliges Brummen. Die Funktionsweise all dieser Geschosse blieb mir ziemlich schleierhaft (eine Rakete, ein Antrieb, vielleicht ein Radar, Angriffsziele und Flugbahnen), und doch weidete ich mich an seinen Worten: Ich liebte diese Undurchschaubarkeit durch Anhäufung von Details, all diese Zahlen, mit deren Hilfe man sich dem großen Ganzen, der Erzählung, dem Sinnzusammenhang entziehen konnte. Oft ist es besser, wenn Belanglosigkeiten das Leben ringsum verschlingen. Ich träume davon, dass das Leben eines Tages nur noch Beiwerk sein wird, das man rasch vergessen kann, ohne Schuld, eine übergeordnete Ebene, nichtssagende Korrektheit, eine vollkommen kurzsichtige Welt, in der uns, haben wir erst einmal die Brille abgesetzt, die Wirklichkeit endlich in Frieden lässt in ihrer unleserlichen Detailfülle. Es handelte sich, so fasste ich still für mich zusammen, um den Bau von Projektilen, die so weit flogen und ihre Ziele so exakt anpeilten wie nur möglich. Jean-Pierre machte allerhand Worte, und ich staunte, wie viel Wärme man in solch eine kühle Erläuterung legen konnte. Er bot mir ein wahres Ballistikepos, mit geheimen Raketenstützpunkten, Wirtschaftsspionage, albern benannten Programmen – einen ganzen gedachten Technologiekrieg, der unseren derzeitigen Entwicklungsstand erst möglich gemacht hatte.

Er hatte seine Taubengeschichte schon eine ganze Weile vernachlässigt. Das Schiff ließ die Ufer von Paris allmählich hinter sich, und alle anderen waren an Deck, um der monumentalen Parade der Monumente beizuwohnen. Wir saßen allein am Tisch, und in unserem Rücken stellte die Stadt ihre allzu schmucken Fassaden aus.

»Und wo kommen da die Tauben ins Spiel?«

Vielleicht war es an der Zeit, an Bord der *Seine Princess* wieder etwas mehr Zartheit einzuführen, und ich wollte mich nicht zu lange von diesem Kalten Ballistikkrieg gefangen nehmen lassen. Ein Kellner evakuierte die Kaffeetassen, vernichtete die Krümel auf der Tischplatte, sicherte das Terrain. Wir verließen Paris und fuhren an Issy-les-Moulineaux vorbei. *Moulineau*, kleine Mühle – an diesem Morgen war alles geschrumpft.

»Ah ja, ich komme gleich zu den Tauben, versprochen. Das Traumgeschoss wäre die intelligente, die lebende Rakete. Wissen Sie, das alles, diese ganzen ballistischen Waffen, die wurden erst dank der Steuerungstechnik möglich: zuerst Fernsteuerung, dann Selbststeuerung. Und die Selbststeuerung gibt es nur dank Radar. Ich erspare Ihnen die technischen Einzelheiten; grob gesagt, handelt es sich um ein System auf Grundlage elektromagnetischer Wellen. Wissen Sie, wie man Raketen vorher gesteuert hat? Also, vor dem Radar, da hat man sie einfach gar nicht gesteuert, alles hing davon ab, wie man sie abgeschossen hat: Winkel, Reichweite, Schlagkraft und so weiter. Und jetzt kommen die Tauben und Ihr Anliegen ins Spiel, keine Angst. 1942 beschließt nämlich ein amerikanischer Ingenieur – also eigentlich war er gar kein richtiger Ingenieur, sondern Psychologe, und auch kein richtiger Psychologe, sondern Tierpsychologe –, ein wichtiger Typ, sehr anerkannt, Harvard-Professor, der beschließt also, das Hauptproblem bei der Raketensteuerung anzugehen. Wir sind mitten im Krieg, kurz zuvor ist Pearl Harbor bombardiert worden, das Wettrüsten erreicht seinen Höhepunkt. Dieser Typ, er hieß Skinner, war so etwas wie ein Erbe Pawlows, könnte man sagen. Er hatte die Lektionen des Meisters verinnerlicht: Tierische Reflexe kann man ›konditionieren‹, einen Hund dazu bringen, Pfötchen zu geben und so weiter. Das nannte er ›operante Konditionierung‹: Man bringt Tieren bei, auf komplexe Signale zu reagieren, diese sogar zu antizipieren. Sein Vorschlag an das amerikanische Militär war recht simpel: Um eine Rakete zu steuern, könne man ganz einfach Tauben einsetzen, sie darauf konditionieren, einen Punkt auf einer Karte zu erkennen, sie dann in einen Flugkörper sperren und sie dazu bringen, auf die Karte zu picken, damit das Projektil seine Bahn beibehält. Skinner folgte einem sehr einfachen Grundsatz: ›Eine intelligente Waffe braucht intelligente Piloten.‹ Und Tauben sind intelligente Tiere, auch wenn das heute ganz gerne vergessen wird. Er trainierte sie also darauf, auf visuelle Muster zu reagieren, wohl wissend, dass ein Taubenhirn eine solche Aufgabe dreimal schneller bewältigt als der Mensch. Immer wenn die Taube wunschgemäß mit dem Schnabel auf das Bild pickt, öffnet sich eine kleine Klappe, und sie bekommt zur Belohnung ein paar Körner. Sobald die Rakete von ihrem Ziel abzuweichen beginnt, hackt der Vogel zu und korrigiert die Flugbahn. Man sperrt nicht nur ein oder zwei, sondern gleich drei Tauben in dieselbe Rakete, um mögliche Pickfehler auszugleichen. So verbindet man tierischen Instinkt mit Wehrtechnik. Das Federvieh trägt nicht mehr nur Botschaften über den Schützengraben, es bringt eine Bombe, es wird zum Kamikazeflieger. Skinner erfand auch einen Namen für das alles: *Project Pigeon*.«

Jean-Pierres Enthusiasmus war erfrischend, allerdings fragte man sich fast automatisch, ob er nicht einfach totalen Stuss redete. Das *Project Pigeon*? Im Ernst? Er beteuerte, keineswegs zu scherzen: Das amerikanische Militär hatte tatsächlich in dieses einige Jahre geheim gehaltene Projekt investiert. Damit er es weiterentwickelte, hatten sie Skinner 25 000 Dollar gegeben, was damals keine kleine Summe war. Skinner hatte dann über mehrere Monate Tauben trainiert, ihnen beigebracht, Tischtennis zu spielen, sich im Spiegel zu erkennen und in immer komplexerer Weise auf Ziele einzupicken. Er hatte sie in die entsprechende Ausrüstung gesteckt, sein Material getestet.

Zur gleichen Zeit hatte ein anderer Typ den Militärs vorgeschlagen, ganze Fledermauskolonien in Brandbomben zu verwandeln und per Flugzeug abzuwerfen. Natürlich glaubte niemand so richtig an diese spinnerten Projekte, aber vollkommen abwegig fand man sie auch nicht. Konnte die US Army guten Gewissens Tauben Sprengmittel anvertrauen, und seien die Vögel noch so gut ausgebildet? Im Jahr 1944 wurde der Radar entdeckt. Die Elektrotechnik war dann doch eine überzeugendere Wissenschaft als drei konditionierte *Birds*, die einen Punkt auf einer Karte wiedererkennen sollten. Das *Project Pigeon* wurde sofort eingestellt.

»Bei Ihren abstürzenden Vögeln, klingelt da nicht was bei Ihnen? Die Kamikazeflieger und das alles, die Tauben, das klingt doch ziemlich ähnlich ...«

Ich konnte nicht recht glauben, dass meine Starstürze etwas mit diesem *Project Pigeon* zu tun haben sollten, aber die Hypothese an sich war nicht uninteressant. Vor allem bei meinem aktuellen Kenntnisstand. An einem gewissen Punkt der Ermittlungen bringt immer jemand die Theorie vom einzelnen Schützen auf, vom einsamen Wolf, von der nicht nachvollziehbaren und unvorhersehbaren Tat. An dieses nicht nachvollziehbare Unvorhersehbare versuchte ich mich heranzutasten. Hatte jemand die Vögel für den Sturz präpariert? Hatte ein nostalgischer Ingenieur Skinners Programm fortgeführt und die Stare mitten im Flug in die Luft gesprengt?

Jean-Pierre entschuldigte sich und verschwand in Richtung der Toiletten. Ich notierte mir ein paar Einzelheiten zum *Project Pigeon* in mein Heft, man weiß ja nie. Für welchen noch nie da gewesenen Krieg war Bonsecours das Schlachtfeld? Ich bevorzugte Kriege, die nie geführt worden waren, Waffen, die das Licht der Welt ausschließlich in der Fantasie übergeschnappter Ingenieure, missachteter Strategen, toter Tierpsychologen und desertierter Generäle erblickt hatten. In mein Heft zeichnete ich eine Taube, die an einer Rakete festgeschnallt war. Und in diesem Moment kam mir sehr deutlich das Bild der Pfautauben wieder vor Augen, die ich in der Vogelhandlung am Pont Neuf (Quai de la Mégisserie) entdeckt hatte (ein Taubenkörper und ein Fächerschwanz aus grauen Federn). Ich hatte sie lange Zeit beobachtet, entzückt von der biologischen Verschmelzung einer derart eitlen Art einerseits mit einer derart verachteten andererseits. Ich stellte mir vor, wie eine Pfautaube in eine Luftschlacht eintrat, wie sie auf dem Weg in den Tod ein Rad schlug, am Himmel ihre protzigen Federn spreizte und dabei mit unheilvollem Blick in Richtung Ziel pickte. Diese Vision einer zur Kampftaube mutierenden Pfautaube gerann zu Worten, und mit einem Mal kam mir der Ausdruck »pathologischer Narzisst« in den Sinn. Der Begriff lag im Trend, man begegnete ihm regelmäßig in einschlägigen Magazinen. Es handelte sich dabei um die neuen, verdeckten Feinde, die dunkle Macht, die unseren Alltag beherrschte: »Erkennen Sie den pathologischen Narzissten in Ihrem beruflichen Umfeld«; »Ist Ihr Mann ein pathologischer Narzisst?«; »Erfahrungsbericht: Ich habe fünfzehn Jahre mit einem pathologischen Narzissten zusammengelebt« und so weiter.

In roter Tinte setzte ich deshalb unter meine Zeichnung – war das die Bildlegende? – die folgende ornithopsychologische Fragestellung:

Sind Vögel pathologische Narzissten?

Auf Höhe der Île-Saint-Denis wandte ich mich vom *Project Pigeon* ab, ich wollte die Ausfahrt aus Paris nicht länger versäumen. Ich stieg an die frische Luft, aufs »Sonnendeck«, das dem Wetter trotzte. Ich ließ mich steuerbords auf einem der sogenannten Transatlantik-Deckstühle nieder, die für diese Regionalpassage aufgereiht worden waren. Die Seine macht Umwege, sehr ausschweifend, gräbt ihre Windungen ins Land, sonder Zahl. Das liegt am sehr geringen Gefälle. So stand es in meinem »Reiseheftchen«, das Suzanne einige Stunden zuvor ausgeteilt hatte: Das Wort Seine kommt vom lateinischen *Sequana*, dem Namen der Quellgöttin dieses Flusses, und bedeutet ursprünglich so etwas wie *dahinfließen*, was die Seine in der Tat sehr vorbildlich tut.

Weiter wurde im Text erklärt: »Zwischen Paris und dem Meer verliert der Fluss 26 Höhenmeter.« Sehr langsam würden wir im Verlauf dieser kleinen Kreuzfahrt von einem zehnstöckigen Gebäude stürzen.

Um meine Augen zu beschäftigen, erwartete ich gebannt jede Flussschleife und dachte, dass mit jedem neuen Blickwinkel zugleich eine Antwort auf meine Fragen auftauchen würde. Ich lag auf der Lauer. Ununterbrochen hoffte ich auf einen überraschenden

Anblick. Vor meiner Abreise hatte ich auf einer Karte die Industrieparks entlang der Seine eingekreist (die Flussfahrt konnte man auch als Zeitreise begreifen, durch eine glorreiche Ära, von der es an den Uferböschungen noch einige mehr oder weniger lebendige Relikte gab). Manchmal fieberte ich den Schloten über mehrere Kehren entgegen: die alten Werkshallen von Billancourt, die Wasseraufbereitungsanlage von Achères, das Peugeot-Werk von Poissy, das Wärmekraftwerk von Porcheville, die Chemiefabriken von Vernon und sicher so einige namenlose Zementwerke, versteckte Manufakturen und andere vom Gang der Jahrhunderte ausgelöschte Raffinerien. Ich wusste, dass ich an diesen Orten besonders aufmerksam sein musste. Mit meinen toten Vögeln war ich möglicherweise einem handfesten Chemieskandal auf der Spur.

Ich gab mich dem mäandernden Fluss hin, verschlang ihn geradezu mit Blicken, mit einer Art landschaftlicher Ungeduld. Ich war ganz und gar vom Hinterlandsyndrom befallen, diesem süßen Fluch noch unbereister Landstriche, verheißener Hügel, aus zu weiter Ferne erspähter Inseln und versäumter Scheidewege. Ich lauerte auf das geheimnisvolle Reich, in dem sich merkwürdige Feste abspielen, auf die Biegung, hinter der die Ruinen einer vollkommen überwucherten Burg aufragen würden, auf den Bergsattel, von dem aus man mit nur einem Blick das gesamte Tal bis hinunter zum Meer erfassen könnte. »Irgendwann muss man die Kurve kriegen«, hatte einmal ein korsischer Schäfer zu mir gesagt – denn auf Korsika begegnet man manchmal korsischen Schäfern. Auf diesem Fluss konnte ich, so dachte ich mir, die ganze Zeit – bis hinunter zum Meer – die Kurve kriegen, von Neuem hoffen, etwas fürchten: Talsperre, Fabrik, Burg, Einmündung, Vogelkolonie, Saatkrähengeschwader, Blaurackenheer, bewaffnete Tauben, neue Schleusen und alte Liebe.

Eine leicht raue Frauenstimme riss mich aus meinen Gedankenschleifen. Es handelte sich um den Zweiten Offizier (die Zweite Offizierin?) an Bord. Das Schiff wurde nämlich in regelmäßigen Abständen langsamer, und eine Stimme kommentierte über ein übersteuertes Mikro die sehenswerten Bauwerke, an denen wir zu unserem malerischen Vergnügen vorbeifuhren. Die Informationen wurden über mehrere Lautsprecher übertragen, wie in einer von Gottes Stimme erfüllten Krypta: »Liebe Passagiere, zu Ihrer Linken sehen Sie die Stadt Médan, und durch die Bäume erkennt man das berühmte Haus, in dem der Schriftsteller Émile Zola lebte. Uns zur Rechten, heute nicht mehr in Betrieb, liegt die ehemalige Freizeitanlage Physiopolis auf der Île du Platais.«

Die Stimme rief ein sanftes Schwingen in mir hervor: Sie war zart und warm zugleich, wie ein Stück altes, lackiertes Holz. Sie schien für sehr viel schönere Dinge geschaffen als Touristendurchsagen; vielleicht würde sie später die Weisen von Nina Simone anstimmen. *Oh Lord, please don't let me be misunderstood.*

Ich warf einen flüchtigen Blick auf den bourgeoisen Wohnsitz Zolas, der mich – ebenso wie der Schriftsteller selbst – nicht sonderlich interessierte. Der Anblick zu meiner Rechten fesselte mich dafür umso mehr. Die »Freizeitanlage« (welch unglaubliche Tristheit diesem Begriff innewohnte) ließ am Flussufer ein großes, rechteckiges Schwimmbecken voll bräunlichen, morastigen Wassers erkennen. Mein Blick blieb an dem verlassenen Pool mit seinem entzweigebrochenen Sprungbrett hängen und folgte dann den Schwüngen der sehr hohen Rutsche, die in das Becken mündete. Eine Wendeltreppe, von Rost und zierlichen, wilden Ranken angenagt, die das Geländer anzufallen schienen, führte hinauf. Die Rutschbahn schraubte sich flussseits zickzackförmig auf den Pool zu, und durch das verblichene blaue und rosa Plastik fiel graues Morgenlicht. Die Pfeiler, auf denen sie ruhte, schienen allesamt kurz davor, unter dem Gewicht imaginärer Kinder zusammenzubrechen. Im Hintergrund erhob sich ein halbrundes Gebäude mit Säulengängen, in dem bestimmt einmal die Umkleiden und Duschen untergebracht gewesen waren, vermutlich auch eine Imbissbude und eine Sonnenterrasse auf dem Dach, und das jetzt einem griechischen Tempel aus bröckelndem Stahlbeton ähnelte, vielleicht ein Apollontempel, Gott der Muße und der Wochenenden im Grünen, Schutzgottheit der gesunden Körper und der Eistüten, der zu kurzen Tage und gespannten Muskeln. Dies war das Reich Physiopolis, eine nahezu versunkene Stadt, die unbeholfen noch einen Rest Haltung wahrte und deren erloschenes Leben man sich auszumalen versuchen konnte. Hier mussten einst große Feste im Bikini gefeiert worden sein: Sonnenfeiern, mythologische Parodien, Farandolen in Sepia-Optik und nach Zitronenlimonade dürstende Kinderchöre, die den Sieg der Liebe und das schöne Leben besangen. Auf der sich in ihr Verschwinden schlängelnden Rutsche konnte man mit etwas Fantasie noch die kleinen Frechdachse sehen, die in ununterbrochenem Reigen die Treppe hinaufstürmten, konnte dem Nachhall ihrer Schreie bei jeder Rutschpartie lauschen. Etwas Besseres gab es nicht zu tun: die Augen auf diesem herbstlichen Deckstuhl fest zusammenkneifen und sich vom Stimmengewirr vergangener, schlichter Sommertage einlullen lassen.

Das Schiff nahm wieder seinen gewohnten Rhythmus auf; man konnte nicht bei jeder Ruine anlegen, ob das der Neigung der Passagiere zum Verfall nun entsprochen hätte oder nicht. Ich betrachtete die Flussufer, die kleinen Zuflüsse, Waldstückchen und was man gemeinhin als »Häfen« bezeichnet, was aber an mehr oder weniger dichte Ansammlungen vertäuter Schleppkähne erinnerte. Da lagen sie wie für die Ewigkeit, man konnte sich kaum vorstellen, dass sie ihre Reise eines Tages wieder aufnehmen und andere Flussläufe oder gar Weltmeere bezwingen würden. Auch unsere *Seine Princess* sah ich im Geiste nicht gerade durch die Wogen pflügen. Es mangelte ihr an Anmut. Ihre Proportionen ließen eher an einen besorgten See-Elefanten denken, der sich über die Wasseroberfläche wälzte. Wenn sie an einem jener Häfen anlegen würde, wer weiß, vielleicht käme sie gleichfalls nie wieder von dort los. Passagiere und Schiffsbesatzung würden in diesem Fall damit vorliebnehmen, in einer Ausbuchtung des Flusses zu einem kleinen Orden schlummernder Reisender im ewigen Ruhestand zu werden.

Wildwuchs besiedelte die Ufer, ich spähte nach Schneisen im Weidengehölz aus, hoffte auf Licht zwischen den gedrungenen Bäumen und versuchte mir vorzustellen, dass ich auf dem Mississippi reiste, in einen Bayou trieb. Ich musste bloß von diesem Seniorendampfer abhauen und auf das Floß des jungen Huckleberry Finn und seines Freundes Jim aufspringen. Ich würde schallend über Hucks Witze lachen, vor Übermut und Schrecken aufschreien, wann immer uns unverhofft die Launen des Flusses erfassten, und gemeinsam würden wir uns still am Rande der Dörfer verstecken. Ich sah wieder das große, bebilderte Buch mit dem dunkelbraunen Einband vor mir, in dem ich die Abenteuer des Huck Finn entdeckt hatte, und vor meinem geistigen Auge erschien in aller Deutlichkeit noch immer die Zeichnung des Sklaven Jim, der sich unter einer Trauerweide schweißgebadet hinten im Boot verbirgt.

Mein Vater las mir das Buch abends vor und rauchte dabei seine Zigarren, deren Geruch mit der Zeit noch den letzten Winkel meiner Nächte, meines Lebens, meiner Kinderkleider ausfüllte. Nach den Romanen Mark Twains las er mir noch viele weitere vor. Zum Beispiel *Quentin Durward*, der schottische Bogenschütze von Walter Scott. Und dann natürlich Stevensons *Schatzinsel*, die aufregendste meiner kindlichen Abenteuerreisen.

Eine alterslose Frau mit elfenbeinfarbenem, sehr kurzem Haar kam an Deck, um eine extradünne Zigarette wie aus einem amerikanischen Film zu rauchen. Für mich wird das Abenteuer vielleicht immer nach kaltem Tabak schmecken: Der Geruch der Vogue-Zigarette mischte sich mit dem Pfeifenrauch Long John Silvers, der sich wiederum mit dem Zigarrenqualm meines Vaters mischte, während ich selbst mich für den kleinen Jim Hawkins hielt, aufgebrochen zur Fahrt seines Lebens, der in einem Piraten mit Holzbein und Papagei auf der Schulter den Widerhall eines janusköpfigen Vaters suchte.

Ich stützte mich auf die Reling und beugte mich vor, als wollte ich etwas auffangen, das mir soeben hinuntergefallen war. Ich betrachtete den Fluss und wunderte mich über die schwache Strömung. Was, wenn die Seine in Wirklichkeit gar nicht floss? Ich war von dem bräunlichen Wasser und dem verräucherten Bild meines Vaters vollkommen eingenommen, und ich fragte mich, ob indirekt nicht *er* der Grund für diese Flussreise gewesen war. Ich erinnerte mich wieder an den Traum, den ich einige Nächte vor dem ersten Vogelfall geträumt hatte. Es war einer dieser Träume, die einem einen Weg zu weisen scheinen, der auf keiner Karte verzeichnet ist. Wie in einer Art verschwommener Tierdokumentation, an die ich mich am Morgen jedoch mit beunruhigender Genauigkeit erinnerte, sah ich mich selbst in der Nähe eines Flusses und in einem Fluss – zugleich den Wasserlauf beobachtend und im Flussbett – in Gestalt eines Lachses, der gegen den Strom aufwärtswandert. Mein Vater erschien, aber war er Lachs oder Mensch? Ich konnte mich bloß noch an die starke Strömung erinnern, an den Lachs, an das Wort *aufwärtswandern* und an das Mitleid mit dem Tier, das ich selbst war, vom Ufer aus betrachtet.

Beim Aufwachen musste ich an den Kreislauf der

Lachse denken, diese Reise vom Gleichen zum Gleichen, und dazwischen das Leben, die Zeugung, viele Felsen und der Tod. Bevor sie zu dem Bach und an den Ort zurückkehren, an dem sie einst zur Welt gekommen sind, wechselt die Haut der Lachse ihre Farbe von Grau zu Rot, und ihr Kopf wird grün. Am Ende ihres Lebens werden sie ampelfarben, eine Ampel, die sich zur Rüstung wandelt, mit Lanzen und Laichhaken, gewaltigen Kiefern und einem neuen Rückenbuckel bei den Männchen. Sie bereiten sich auf ihren Kampf um die Weibchen vor, und sobald sie ihr Werk vollendet haben, sterben sie. Für diese Mission legen sie über tausend Kilometer zurück und wenden eine unvorstellbare Kraft auf: Das Leben der Lachse ist eine große Hin- und Rückreise, voller stromauf und stromab zu überwindender Wasserfälle, wobei man viele Schuppen einbüßen kann, Räubern entkommen muss, mal Hunden, mal Bären, mal Luchsen, mal Anglern, und oft der Erschöpfung. Daher, so belehrte mich das Wörterbuch, stammen auch der Begriff Salm und die Bezeichnungen für den Lachs in vielen anderen Sprachen, nämlich vom Lateinischen *salmonem*, gebildet aus dem Verb *salire*, springen. Der Lachs ist ein Springer, *der* Springer schlechthin. Als ich wieder aus meiner seltsamen Träumerei erwachte, war mir plötzlich danach, emporzuschnellen und zu brüllen: »Wir sind alle Salmoniden!« Ich hätte mich gar zu der Übertreibung hinreißen lassen: »Auch ich wandere aufwärts, ich springe, ich kämpfe gegen den Strom an, gegen die Raubtiere.«

Wies mir dieser Traum in seiner vereinfachten, diffusen Sprache vielleicht die Richtung, die ich einschlagen sollte? Musste ich dem Fluss folgen, die Randbezirke meiner eigenen Geschichte erkunden, meinen Vater wiedertreffen? Er war in Bonsecours geblieben, und nur gelegentlich erhielt ich von ihm Neuigkeiten in Form von Briefen, in denen es um seine gekränkte Ehre ging, um eine aufrechte Haltung und nationale Identität. Mit ihren vielen allzu langen und vielen allzu kurzen Sätzen ähnelten seine Briefe eher Flugschriften. Manchmal versuchte ich, ihm zurückzuschreiben, gab jedoch mittendrin erschöpft auf. Als Kind hatte ich bereits beträchtliche Zeit auf den Versuch verwandt, ein Abgleiten der Familienunterhaltungen in offene Wortschlachten zu verhindern. Denn meinem Vater zufolge musste man jederzeit Stellung beziehen, und das gegen die Wirklichkeit, die immerzu enttäuschend war, immerzu mangelhaft: zu links, zu modern, zu vulgär, zu dumm. Man musste die Welt entweder angreifen oder vor ihr fliehen. Mit den Jahren hatte er deshalb Mittel und Wege gefunden, sich Schritt für Schritt von den Menschen seines Umfelds zu entfernen: von Freunden, Brüdern, Frauen und Kindern. Kampfesmüde war auch ich irgendwann vom Schlachtfeld desertiert, indem ich nach Paris zog und ihm nur noch sehr sporadisch antwortete.

Mein Vater war kurz nach dem Krieg in eine bürgerliche, normannische Familie geboren worden. Er hatte ein Leben zwischen zwei Epochen geführt, hin- und hergerissen zwischen den Verlockungen der Gegenwart und dem unbeholfenen Fortbestand des neunzehnten Jahrhunderts, seiner unüberwindlichen Traditionen und missglückten Revolutionen. Als Kind einer arrangierten Ehe hatte er in einer versteinerten Welt aufwachsen müssen, bestehend aus Diners für Jagdgesellschaften, Militärärzten, die es bereuten, ihre Söhne nicht auf einer Kadettenanstalt untergebracht zu haben, unausstehlichen Werten und erniedrigenden Regelwerken. Um ihn herum öffnete sich die Welt, weiteten sich die Perspektiven, es waren immerhin die Sechziger, doch bei Tisch hatte er zu schweigen, und man zwang ihn, Jura zu studieren; sein Vater, Tyrann und Trauergestalt, verbreitete Tyrannei und Trauer.

Tatsächlich weiß ich von dieser Jugendzeit so gut wie nichts, weil er nie darüber gesprochen hat. Vielleicht war sie glücklicher, als ich es mir vorstelle. Er erzählte lediglich von seinem Engagement für die Pariser Trotzkisten. Und wie das zur größten Niederlage und zur Offenbarung seines Lebens wurde. Er warf sich diese Jahre in einer solch hochtrabenden Weise vor, wie er sie vermutlich auch gelebt hatte. Doch genau dort hatte er seine Ausbildung erhalten, hatte gelernt zu schreiben, gegen alles zu kämpfen, unablässig und bis zur Erschöpfung des Klassenfeindes zu argumentieren. Damals lernte er auch meine Mutter kennen, und ich stelle mir vor, dass bei alldem eine gewisse Freude im Spiel gewesen ist oder dass jene jugendliche Begeisterungsfähigkeit zumindest für das ein oder andere Lächeln gut war. Aber er hat aus dieser Zeit bloß eine

Art ernüchtertes Lamento zurückbehalten und gab es an die Nachwelt weiter: dass er einen Fehler begangen habe, dass er sich individuell und kollektiv lächerlich gemacht habe. Der Mai 68 war für ihn mitnichten das ruhmreiche Heldenepos, das andere besangen; es war die nicht minder übertriebene Erzählung einer katastrophalen Ursünde, die in der Folge – in Frankreich wie in seinem Privatleben – offenbar nichts als eine Verkettung von Fehlern hervorgebracht hatte. Und auch wenn es zum damaligen Zeitpunkt sicher überlebenswichtig gewesen war, sich gegen die eigene Familie aufzulehnen und gegen viele andere Dinge, so hatte er es doch stets vorgezogen, das alles als die Geschichte eines Niedergangs zu erzählen, in der Freude und Stolz keinen Platz hatten.

Wie so viele andere ermattete Schönredner hatte er es nie gewagt, gegen sich selbst und seine unermessliche Traurigkeit zu revoltieren. Von all diesen Dingen wurde nur ein Bruchteil deutlich ausgesprochen, und ich begnügte mich mit Hypothesen: Hatte sein politischer Ehrgeiz seine Karrierechancen beeinträchtigt? Hatte das, was er seine »Rekrutierung« nannte, tatsächlich sein Verhältnis zur Welt gestört? Er war als Großbürger geboren, hatte sich für Lenin gehalten und war schließlich als belesener, kleiner Beamter wieder zu Bewusstsein gekommen, gefangen in einer Familie, die er nicht lieben konnte. Das war meine Lesart der Dinge: Man erholt sich nicht so leicht davon, den Heroismus nicht bis zu Ende geträumt und zu sehr ans Wort geglaubt zu haben.

Er hatte mir viel vorgelesen und mich zum Lesen angehalten, hatte mir Unmengen von Geschichten erzählt, er erzog mich in einer Mischung aus Neugier auf die Welt da draußen und Hass auf alles Unreine. Dadurch übertrug sich sicher auch diese Besorgnis, die ich bei mir tunlichst nicht in Verbitterung umschlagen lassen wollte. In Paris fühlte ich mich ihm fern, teilweise geschützt. Was sagten mir also die Lachse? Forderte jener Flusstraum mich dazu auf, in mein düsteres Zuhause zurückzukehren? Die Aussicht, die Kaskade familiärer Neurosen aufwärts zu meinem Vater zu wandern, begeisterte mich wenig. Ich war soeben aufgewacht. Ich war kein Kaskadeur und konnte nicht einmal besonders gut schwimmen. Da konnte ich mich auch gleich ertränken.

Bisher ließen sich nur recht wenige Vögel auf dem Fluss und im Umkreis blicken. Hier und da einige Möwen, am Ufersaum ein paar Teichrallen. Zugleich kannte ich mich mit den Gewohnheiten der verschiedenen Arten, ihren bevorzugten Jahreszeiten und Nistplätzen, nicht aus. Ich sah meinen eigenen Beschränkungen ins Auge: Meine ornithologischen Kenntnisse waren dürftig, und mein Instinkt konnte mich trügen. Auf gewisse Weise war ich wie ein Leser, der nur einen Bruchteil aller Buchstaben entziffern kann, und das auch bloß unbeholfen, Erklärungen notgedrungen erfindend, Antworten erahnend, ohne so recht die Grenze zwischen Fantasie und Fantasterei zu kennen. Ich hoffte darauf, dass die Dunstschwaden der Seine mich in eine hellsehende Pythia verwandeln würden, in einen glaubwürdigen Propheten, der die Vorzeichen und Vogelschauen deuten und die himmlischen Fingerzeige erkennen konnte.

Im Augenblick war ich ganz in die Beobachtung einer Lachmöwe vertieft, die auf der Schiffsreling hockte; ihr kleiner, dunkelbrauner Kopf schien wie verrückt zu nicken, während sie mir in die Augen sah: ja ja ja ja. Dann ruckte ihr Schädel von rechts nach links, und sie senkte erneut mehrmals den Schnabel zur Brust. Ich deutete das als Ermunterung, »ja ja ja, nur zu«, dann, als es sehr heftig zu regnen begann – keine Vögel diesmal, sondern Graupel –, immerhin war es November, ging ich wieder nach drinnen.

Ich nutzte die Gelegenheit, um die hundertzehn Meter der *Seine Princess* ein wenig eingehender zu erkunden. Allerdings war dieser Rundgang recht schnell erledigt. Auf dem Unterdeck (Hauptdeck genannt) gab es dreiundvierzig Kabinen, mit Nummern zwischen 100 und 199. Auf dem Oberdeck (Oberdeck genannt) befanden sich mittig vierundzwanzig weitere, von 300 bis 399. Mit meiner 313 war ich zufrieden, ein Palindromzimmer in der Mitte des Schiffes. Zum Bug und zum Heck hin lagen die Gemeinschaftsbereiche, die Agora, auf der diese ephemere Gemeinschaft zusammenfinden würde. Hinten: das Restaurant (in einem leicht enttäuschenden, nüchtern-geschmacklosen Stil) und die Küchen. Weiter vorn gab es einen nutzlosen Laden (er verkaufte Handtücher, Uhren, Kugelschreiber, Postkarten und Paris-Reiseführer und war bereits geschlossen), einen Salon mit Tanzfläche namens *Lounge-Salon* (so stand es auf dem Schild) und schließlich, den gesamten Bug einnehmend, die Pianorama-Bar (man schreckte vor keinem Wortspiel zurück), ausgestattet mit Stutzflügel und Panoramablick.

Das alles war im 80er-Jahre-Chic gehalten: beigefarbenes Leder, das nach Kunstleder aussah, vergoldete Leuchter, Aquarelle wie auf den Zimmern eines Landhotels. Man hätte es für die Kulisse einer Fernsehserie halten können: Unser kleines Traumschiff? Ich durchquerte diese Räumlichkeiten, in denen alles nur halb lebendig schien. Es war gerade Mittagsruhe (das Mittagessen hatte ich verpasst), zwei Kellner fegten im Restaurant durch, ein Grüppchen von drei Frauen saß zwei Tassen Kaffee gegenüber. Noch über sechs Stunden bis zum Abendessen.

Ich hatte das Schiff besichtigt, aber nichts gesehen. Blieben noch der Maschinenraum und die Kommandobrücke. An der Rezeption traf ich Suzanne wieder, Dirigentin eines schläfrigen Orchesters. Ich stellte mich ihr vor und bat sie, mir einen Blick hinter die Kulissen zu gewähren, wobei ich vorgab, eine Art Reportage schreiben zu wollen. Sie gestattete mir einen Besuch der Kommandozentrale und führte mich sogar zum Kapitän, der auf seinem Sessel kippelte und ganz schön gelangweilt wirkte. Am Steuer saß die Zweite Offizierin. Als ich eintrat, wandte sie den Kopf. Ich war erstaunt über die Diskrepanz zwischen ihrer Stimme und ihrem Gesicht, das vielleicht nicht schön war, aber doch etwas Anziehendes hatte. Vielleicht wegen der Nase, lang und ein wenig schief, oder wegen des zu hoch angesetzten und allzu voluminösen, fast schon bedrohlichen, blonden Haarknotens.

Suzanne stellte mich vor: »Der junge Herr hier ist Journalist, er arbeitet an einer Reportage, und zwar über … ja, worüber eigentlich?«

»Äh, gute Frage. Sagen wir mal, über die Seine, die

Seine und ihre Vögel, also, ich stehe ja noch ganz am Anfang, ich bin ja noch bei den ...«

»Willkommen an Bord«, unterbrach mich der Kapitän.

»Er hat mich gebeten, ihm das Schiff zu zeigen, und ich wollte ihm das pulsierende Herz nicht vorenthalten«, ergänzte Suzanne, ohne dass ich entscheiden konnte, ob sie sich über die beiden Seeleute vor ihr lustig machte oder sich bloß sehr aufgeblasen ausdrückte.

»Falls Sie Fragen haben oder ein Interview führen möchten, sagen Sie ruhig Bescheid«, meinte der Kapitän. »Vögel sind zwar nicht gerade mein Fachgebiet, aber die Seine kenne ich gut.«

Suzanne ging wieder und hinterließ ein recht ausgedehntes Schweigen. Der Kapitän schlug eine Zeitschrift auf. Ich beobachtete die sparsamen Gesten der Offizierin: kleine, sanfte Anpassungen des kreisrunden Steuerrads, die trotz allem äußerste Konzentration zu erfordern schienen. Schultern, Nacken, Beine, ihr ganzer Körper war während der wechselnden Kursänderungen angespannt: leichte Korrektur nach links, etwas energischere Bewegung nach rechts, wieder links, wieder rechts. Dieser langsame, unregelmäßige Tanz sorgte vermutlich dafür, dass wir auf dem Fluss keinen Schiffbruch erlitten, so wie die Schnabelhiebe der Tauben eine Rakete wieder auf den rechten Weg, zum Ziel lenken.

Schließlich wurde mir das Schweigen zu unangenehm, also bemerkte ich: »Wie stimmig, hier die

Stimme des Schiffes zu sehen.« Mein uninspiriertes Wortspiel entlockte ihr kaum ein müdes Lächeln. Ich musste irgendwie aus dem Gesprächsfiasko hinausfinden, in dem ich mich verirrt hatte, und der Unterhaltung … Also erwähnte ich Physiopolis, die Anlage, auf die sie per Schiffslautsprecher hingewiesen hatte. Ohne innezuhalten, ohne ihr Gelegenheit zu geben, gar nicht erst auf meine Worte zu reagieren, redete ich weiter, beschrieb die Riesenrutsche, die Überreste. Ich war drauf und dran, ihr auch meine Erinnerungen an Huckleberry Finn nachzuerzählen, als über den UKW-Empfänger des Schiffes plötzlich eine fiepende Nachricht für sie einging: »Hafen von Giverny an *Seine Princess*, Hafen von Giverny an *Seine Princess*.« Die Verbindung war schlecht, der Hafen wiederholte seinen Aufruf, erneut mit Störgeräuschen. Nun erwiderte die Offizierin: »*Seine Princess* an Hafen von Giverny, *Seine Princess* an Hafen von Giverny, ich höre.« Es gab eine starke Rückkopplung, eine Reihe von Pieplauten, dann ein Wirrwarr von Stimmen. Erschöpft von diesen misslingenden Unterhaltungen, meinem Selbstgespräch und den schwachen Funkwellen, schien es mir an der Zeit, die Kommandobrücke wieder zu verlassen: »*Seine Princess, Seine Princess*, trolle mich in Kabine 313.«

Es tat gut, wieder auf meinem Zimmer zu sein, hier musste man keine Frequenzen mehr einstellen, nichts vortäuschen, nicht mehr den Gescheiten hervorkehren. Kabine 313 war in den gleichen Farben gehalten wie der Rest des Schiffes, und dieser abgestandene, schlechte Geschmack beruhigte mich, ebenso wie die straff gezogenen Laken auf dem schmalen Bett und das Bullauge, das die Sicht einschränkte und mich so vielleicht vom Abschweifen abhielt. Ich musste mich konzentrieren, Ordnung schaffen, meine Ermittlungen aufnehmen.

Ich holte die Bücher aus meinem Koffer, die ich für die Reise eingepackt hatte, und stellte sie nebeneinander auf den winzigen Tisch gegenüber dem Bett. Mir kam die Eingebung, dass ihr Inhalt Teil der Gleichung sein musste, mich auf die richtigen Fährten locken würde. Ich schrieb ein paar Auszüge in mein Heft ab, fügte weitere Ideen hinzu, Märchenschnipsel und Zauberformeln, Unterhaltungen und wahre Begebenheiten.

Ich schlug einen der drei Bände von Charles Hoy Forts *Buch der Verdammten* auf. Im Zuge meiner Recherchen über Vogelregen war sein Name schon bald und wiederholt aufgetaucht, wie eine Art unumgängliche Kreuzung, die Schnittstelle aller seltsamen und ungeklärten Phänomene. Die Einleitung warnte mich: Charles H. hatte gegen die Striktheit wissenschaftlicher Betrachtung angekämpft und mit der gleichen Entschlossenheit »wie Moses oder Darwin oder Lyell« das zusammengetragen, was er die »Daten der Verdammten« nannte, die der Wirklichkeit ihre Stabilität absprechen sollten.

C. H. veröffentlicht sein *Book of the Damned* im Jahr 1919 und beginnt mit der Besprechung einer ungeheuren Zahl ungeklärter Phänomene, die nicht weniger als die Wissenschaft, die Religion, die Welt an sich infrage stellen. Im Klappentext heißt es: »Dieses Werk erforderte den händischen Abgleich von 60 000 Notizen, möglich dank eines raffinierten Ordnungssystems in 39 Schuhkartons. Das hier ist kein Buch, sondern ein Wolkenkratzer staunenswerter Wunder.« Daneben nahm sich mein Clairefontaine-Notizheftchen mit seinen 96 Seiten recht mickrig aus. Dennoch, so sagte ich mir, war es vom gleichen Ehrgeiz beseelt wie das Werk C. H. Forts – ein haushoher Ehrgeiz, wenn nicht gar wolkenkratzerhoch, in den ich mich mit umso größerer Erregung hineinstürzte beziehungsweise von dem ich hinabstürzte.

Ich ließ mich vom Rhythmus des Buches forttragen, wenn er auch etwas anstrengend war. Der Text, ein weitschweifiger, ununterbrochener Streifzug, sprang ständig von einem Thema zum nächsten, trug *Fakten* zusammen, zitierte aus Dutzenden Wissenschaftsmagazinen, Büchern, Zeitungen. Aus dem *Monthly*

Weather Review, aus *Symons's Meteorological Magazine*, aus dem *Quebec Daily Mercury*, dem *Tasmanian Journal of Natural Science* und so weiter.

Die »verdammten Daten« reihten sich in Kapiteln aneinander, deren Überschriften wie Verse aus Kindergedichten klangen: »Blaue Monde und grüne Sonnen«, »Blut, Fleisch, Larven und kosmisches Gallert«, »Überraschende Kometen«, »Dunkle Nachbarn«, »Torpedos und lenkbare Welten«, »Teleportation von Steinen, Wasser, Benzin«, »Fröhliche Prozession der Ungeheuer« …

Charles Fort machte einen schwindeln, durchquerte Epochen und Weltregionen, mehrte die Fragen. Als ewiger Provokateur, sowohl anstrengend als auch rührend, verteidigte er sich unablässig mit belastbaren Zitaten gegen mögliche Anfeindungen als Spinner. Im Grunde war er ein echter Visionär: Er protokollierte schwarzen Regen, gelben Regen, Niederschläge von winzigen, pfeilförmigen Gegenständen, Kaffeebohnen, Nadeln und Scheiben, rote Stürme, einen lavendelfarbenen Schauer im französischen Oudon am 19. Dezember 1903 (*Bulletin de la société météorologique de France*, 1904), blaue, blasslila und graue Hagelkörner in Russland, Flocken einer Rindfleisch ähnelnden Substanz, die in Olympian Springs vom Himmel gefallen war, Mahagonistämme an den Küsten Grönlands, Wasserinsekten auf dem Gipfel des Montblanc.

Ich schrieb ganze Seiten aus dem *Buch der Verdammten* ab, endlich hatte ich einen Gesprächspartner gefunden, noch paranoider als ich, aber garantiert ein cooler Typ. Liebenswürdig und vielleicht etwas durchgeknallt, zeigte er einen dritten Weg auf, ihm selbst zufolge weder realistisch noch idealistisch, sondern intermediaristisch. Er glaubte, »dass nichts real ist, aber auch nichts irreal: dass alle Phänomene nur Näherungen auf dem einen oder anderen Weg zwischen dem Realen und dem Irrealen sind. Also: dass unsere ganze Quasi-Existenz ein Zwischenzustand ist zwischen Eindeutigkeit und Nichtexistenz, zwischen Realheit und Irrealheit.« Ich sorgte mich, meinerseits von all den Fakten überwältigt zu werden. Ein wenig unruhig, völlig ausgelaugt von meiner Lektüre, in einem intermediären Zustand zwischen Eindeutigkeit und Nichtexistenz, Realheit und Irrealheit, schlief ich ein.

Ich erwachte in ziemlich elender Verfassung, ich hatte auf mein Hemd und auf die Tagesdecke gesabbert, die mit vergilbten geometrischen Mustern bedruckt war, ich wusste nicht mehr so recht, wo ich war, und hatte erneut geträumt. Ich hatte auf einer großen Wiese am Meer ein Picknick gemacht, und mein Vater, der wie ein Kellner des Schiffsrestaurants angezogen war – mit Goldtressen an den Schultern und einer lächerlichen Kappe auf dem Schädel –, verwandelte sich in eine Silbermöwe und ging dann im Sturzflug auf mich los, wie ein ausgehungertes Tier. Ich lief wie verrückt hin und her, um ihn abzuschütteln, und flehte vergeblich, er möge von mir ablassen. Doch die Möwe setzte ihre gewalttätigen Angriffe fort, und alle Menschen um mich her machten einfach mit der Verkostung ihrer schlechten Sandwiches weiter, saßen seelenruhig an überdimensionierten Holztischen. Niemand legte seine Kirschtomate aus der Hand, um mir zu helfen.

Ich beschloss, meinen Vater anzurufen und zu hören, ob es in Bonsecours Neuigkeiten gab. Sein Handy klingelte immer noch ins Leere. Wieder sprach ich ihm auf die Mailbox, nannte Datum und Uhrzeit meines Anrufs, zwang mich zu einem freundlichen Ton. So langsam machte es mich stutzig, dass er sich nicht zurückmeldete. Zu welch abgelegenem Picknick mochte er aufgebrochen sein?

Ich schaute aus dem Bullauge: Das Schiff bewegte sich nicht mehr. Wir hatten angelegt. Am Flussufer hielt eine Lachmöwe Wache – war es die gleiche wie vorhin? Waren wir in New York angekommen?

Ich wechselte mein Hemd und ging zurück zur Schiffsrezeption.

»Wir sind in Giverny«, erklärte mir Suzanne. »In ein paar Minuten holt ein Reisebus alle Passagiere ab, die das Haus von Claude Monet besichtigen möchten.«

Ich erinnerte mich, dass ich ein Jahr zuvor mit Anastasie vor dem Garten dieses Hauses gestanden hatte, aber die Pforte war zugesperrt gewesen. Wegen Bauarbeiten geschlossen.

Suzanne drängte: »Wollen Sie nicht mit? Der Bus fährt bald ab.«

Ich entschied mich, ihr Angebot abzulehnen und nicht noch einmal nach Giverny zu fahren. Ich schwor mir sogar, nie wieder dorthin zurückzukehren, dieses Museum in meinem ganzen Leben nicht zu besuchen. Die Seerosen konnten in Ruhe auf dem Wasser treiben, ich würde nicht nach Giverny fahren. Es würde eine Art stille Hommage an jene vergangene Reise sein. Mein Nichtbesuch würde mir Anastasie ins Gedächtnis zurückrufen, mit der ich Jahre von solcher Zartheit verbracht hatte, dass es uns manchmal zu anästhesieren schien. Ich erinnerte mich an den Brief, den sie mir bei unserer Trennung geschrieben hatte. Sie erklärte: »Ich habe es geliebt, wie du mich begehrt hast«, dann: »Ich hasse, in was du dich gerade verwandelst. Die Flucht ist für dich zum Motor geworden. Du erinnerst mich an Platonow, den Tschechow-Helden. Weniger ein Held als ein brillanter Versager, ein kleiner, unglücklicher Lehrer, der von einem Leben als Literat und Mann von Welt träumt und in der Verführungskunst die unmögliche Vergeltung für seine Misserfolge sucht. Eigentlich ist er bloß ein Gockel und Dorfcasanova, so erbärmlich wie ein Gockel oder ein Dorf. Das zieht sich sicher noch lange hin, dein Gezaudere, deine Vermessenheit und dein sich auflösender Verstand. Viel Erfolg, Platonow.«

Ich ließ Giverny und Tschechow sich auflösen und schlenderte durch die Schiffsboutique. Ich musterte die Postkarten: Ansichten der Seine und der Küste, Steilküstenfotos, unzählige Monets. In dieser Bilderflut erregte ein Farbdruck meine Aufmerksamkeit. Das Gemälde zeigte zwei Männer, die auf einem Fluss in einem Nachen liegen, gegen zwei dicke Kissen gelehnt, unter einer bestickten Decke, offenbar sehr geschwächt, und mit verbundenen Füßen. Am Ende ihres Nachenbetts: eine gelbliche Kerze und blasse Grabblumen. Der Mann links hält den Blick ins Leere gerichtet, seine ausgemergelte Hand hängt knapp über der Wasseroberfläche. Sein Gefährte scheint auch nicht gerade in Hochform zu sein. Er blickt auf den Fluss, die Hände ruhen auf dem Bauch, als wäre sein Körper für die Totenwache hergerichtet. Ich drehte die Karte um, aber ich kannte die Geschichte bereits. Jedes Mal, wenn wir die Ruinen der Abtei von Jumièges besucht hatten, ein Stück weiter die Seine hinunter, hinter Rouen, erzählte mein Vater mir die Legende der »Entnervten«. Man musste das Wort *entnervt*, so erklärte er, in diesem Fall wörtlich nehmen: jemand, dem die Nerven durchtrennt worden waren. Die zwei entkräfteten menschlichen Wracks auf ihrem Floß ohne *Pianorama-Bar*, Crewleiterin und kontinentales Frühstück waren Chlotar und Childerich, Söhne von Chlodwig Numero zwei. Und es war ihre eigene Mutter gewesen, Bathilde, Königin und Regentin von Frankreich, die ihnen die Kniesehnen versengt hatte, weil sie Chlodwig senior überfallen wollten, der gerade von einer Pilgerreise aus dem Heiligen Land zurückgekehrt war. Da war es wirklich sicherer, sie am Gehen zu hindern und in Jumièges auf Grund laufen zu lassen. »Lass dir diese Legende eine Lehre sein«, schloss mein Vater, wenn er am Ende seines Merowingermärchens angekommen war, und seine aufgesetzte Ironie machte mich jedes Mal besorgt.

Ich kaufte die Postkarte, um sie in mein Heft einzukleben. Ich fragte mich, ob ich eines Tages in der Lage sein würde, ein Heer gegen meine Erzeuger aufzubieten, und ich versuchte einzuschätzen, wie lange man es, den Launen der Wellen und Strömungen überlassen, wohl im Liegen aushalten konnte. Vielleicht wurde ich auf der *Seine Princess*, meiner gemütlichen Totenpiroge, bereits abgetrieben, und es war an der Zeit, mich wieder aufzurichten, um die Gefahren herannahen zu sehen. Vor welchen Entnervungen, Querschlägern, Möwenangriffen und Nachstellungen des Unsinns sollte ich mich in Acht nehmen?

Es wurde Abend. Beim Essen fand ein Vortrag über »die impressionistische Wende« statt. Während alle auf laschen Kabeljaufilets herumkauten, projizierte der für einen Kunsthistoriker allzu fidele Vortragende Darstellungen verschiedener Gemälde auf eine Leinwand und kommentierte sie mit angestrengter Begeisterung. »Das ist eine Revolution des Blicks!«, brüllte er immer wieder ins Mikro und hoffte wohl, seinen Zuhörern dadurch die rückschrittlichen, müden Augen zu öffnen.

Nach dem Abendessen blieb einem zum Ausspannen lediglich die *Pianorama-Bar*. Jean-Pierre, der Schnauzbärtige mit dem *Project Pigeon*, setzte sich mir gegenüber und befragte mich nach Neuigkeiten bei meinen Recherchen. »Ich achte darauf, wissen Sie, Vögel, darauf achte ich«, sagte er wiederholt. Da ich ihm diesbezüglich keinerlei Fortschritt vermelden konnte und Schweigen sich zwischen uns breitmachte, stand er auf und ging auf seine Kabine, mit der Bemerkung, der endlos lange Museumsbesuch habe ihn erschöpft. Im Saal saßen jetzt bloß noch etwa ein Dutzend Gäste, mehrere Pärchen, die sich zu einer Unterhaltung zu zwingen schienen, und ich, ganz allein auf einem hockerähnlichen, beigefarbenen Sitzkissen vor einem runden Winztisch und einem großen Gin Tonic.

Ich hatte ausreichend Zeit gehabt, die Hälfte zu trinken und die Zitronenscheibe in meinem Glas komplett zu zermanschen, da ließ sich ein Mann am Klavier nieder. Er musste in Giverny an Bord gegangen sein oder den ganzen Tag geschlafen haben, denn hätte ich ihn auf dem Schiff bereits gesehen, wäre er mir sicher aufgefallen: leicht kaputte Visage, die ihm sowohl das Leben als auch der Alkohol zerhauen haben konnte, ein paar braune Strähnen, die unter einer schwarzen Mütze hervorlugten, und ein wirrer Bart. Barfuß in Segelschuhen und mit einem am Rücken geflickten, karierten Tweedjackett, schien er einer anderen Zeit zu entstammen (dem neunzehnten Jahrhundert oder vielleicht sogar Chlotars und Childerichs siebtem Jahrhundert). Die Loungemusik wurde abgedreht, ein Scheinwerfer erhellte das Klavier, und das Licht wurde von diesem neuen Gesicht zurückgeworfen.

Der erste Akkord war dissonant, hatte allerdings den Vorteil, dass er mich aus meinem Halbschlaf riss. Dann schloss der Pianist eine unbeholfene, quälende Improvisation an. Sie baute auf wenigen Akkorden auf, die stets in letzter Sekunde durch eine leichte Variation vor der Erschöpfung bewahrt wurden. Ein paar Minuten später stellte der Musiker sich vor, ohne die Augen von den Tasten zu heben. »Ich bin Cheval blanc, guten Abend.« Danach fing dieses »weiße Pferd« an zu singen, den Blick weiterhin auf das Instrument geheftet. Seine tiefe Stimme schwang sich am Ende der Verse aufwärts, zu fast schon falschen und fast jedes Mal erschütternden Höhen. Das erste Lied war eine der

Enthaltsamkeit gewidmete Ballade, die er an meinen Gin Tonic richtete: »Mein geliebter Alkohol, bleib bei mir und tu mir wohl / Ich lecke mir unzähl'ge Wunden / die mir schlugen uns're Stunden.« Er setzte die Liebeserklärung fort: »Alkohol, auch wenn du gehst, vergiss ja nicht: Ich liebe dich / Und bist du einst weit fort von mir, denk trotzdem mal an mich.« Ich war von der großen Schlichtheit seines Gesangs wie hypnotisiert. Er reihte enttäuschte Lobgesänge, Gedichte über Gefühlskrisen und Refrains über den Tod der Welt aneinander. Um mich herum schien man ihm nur wie von ferne zu lauschen. Er selbst schloss die Augen und schwankte hin und her, und hätte er nicht gesessen, so hätte man fürchten können, er würde gleich neben dem Klavier zusammenbrechen. Er hielt sich oft an der Grenze zwischen Geschrei und Gesang, und man hatte das Gefühl, in wenigen Noten sein gesamtes Leben im Zeitraffer mit ihm nachzuempfinden. In seinem letzten Song wandte er sich an ein paar alte Gespenster: »Auf unsere schönen Erinnerungen kranker Geister / Auf die langen Diskussionen auf den Gängen der Stationen / Wo wir Schulter an Schulter vernarbten / Die kleine Anstalt, unser Paradies.« Die letzte Strophe wiederholte er drei Mal, als immer machtvolleren Anruf: »Auf die Krankenschwestern des Tages / Auf die beste unserer Nächte / Auf unsere Arzneien / Auf unsere Freunde voll Spinnereien / Auf unsere geflüsterten Litaneien / In den dunklen Treppenschächten / Auf die Krankenschwestern des Tages / Auf die beste unserer Nächte« und so weiter. Alle hatten inzwischen aufgehört, ihre schlechten Cocktails zu schlürfen. Es war ein bisschen so, als wäre Antonin Artaud bei einem Treffen des Rotary Club aufgeschlagen, um Gedichte vorzutragen. Der auf das Gesicht des Pianisten gerichtete Scheinwerfer erlosch, und die paar Zuhörer klatschten zaghaft. Das Licht war kaum wieder angegangen, da hatte er die Bühne auch schon verlassen, als wäre sein chevalereskes Intermezzo bloß Einbildung gewesen.

Ich wandte den Kopf, er saß an der Bar. Ich setzte mich neben ihn und bot ihm ein Getränk an, das ihm diesmal wohltun sollte. Er schüttelte mir die Hand und stellte sich unter seinem Künstlernamen vor: »Guten Abend, ich bin Cheval«, erklärte er, als wäre das sein Vorname.

Schon bald verspürte ich Lust, mich hinter dem kühnen Federbusch dieses weißen Pferdes einzureihen. Hochnervös, Dichter, Anarchist, hätte er auch der alkoholsüchtige General einer kaputten, verwundeten und stolzen Armee sein können. Ich fragte mich, was diesen Mann mit Piratenvisage auf die geschniegelte *Seine Princess* verschlagen hatte. Die Antwort fiel familiär aus, der Kapitän war sein Onkel.

»Als er mich für die *Blue Seine*-Kreuzfahrten angeheuert hat, hat er mir geradeheraus gesagt: ›Zeit, erwachsen zu werden, Arthur Rimbaud.‹ Das hätte mich wahrscheinlich rasend machen müssen, damals war ich total blank, und Gedichte sind in dem Fall natürlich extrem hilfreich. Aber irgendwie hat mir der Satz gefallen, und außerdem mag ich diese Irrfahrten auf pseudoluxuriösen Schiffen ganz gern; die Leute, die dir nicht zuhören, diese Lieder, die ihnen zu traurig sind. Das hier ist mein drittes Mal. Meine erste Fahrt war auf der Loire, ein komischer Fluss. Und danach hab ich im Mai eine Tour namens ›Rheinromantik‹ mitgemacht. Die Landschaften sind schön, das Essen ist umsonst, ich kann so ziemlich machen, was ich will, und meistens hält man mich zurück, wenn ich zu viel trinke. Zum Aperitif bitten sie mich manchmal um Jazzstandards, das kommt an. Und wenn nicht gerade Themenabende anstehen (es gibt Standardtanz und Musicals, falls dich so was interessiert), spiele ich meine eigenen Sachen, improvisiere auf dem Klavier. In der Regel spricht mich keiner an, vielleicht wegen meiner Stücke, vielleicht wegen meines Aussehens ...«

Wir tranken gerade den dritten Gin Tonic, als er seinen »kriseninduzierten Alkoholismus« ansprach, der ihn stoßweise überfiel, sowie seine Leidenschaft für unausstehliche junge Frauen, die seinen Durst stillten und zugleich neu entfachten. Er erzählte mir von dem Abenteuer der erfolgreichen Rockgruppe, der er mit zwanzig Jahren angehört hatte – daran hatte er sich ein wenig die Finger verbrannt –, von seinen verschiedenen Leben in Paris, Saint-Denis und schließlich in der Ardèche, wohin er sich erst kürzlich geflüchtet hatte.

»Und du? Was treibst du eigentlich hier?«

Vom Alkohol zugleich verwirrt und aufgeputscht, berichtete ich ihm mehr schlecht als recht von den Vogelfällen und meinen Nachforschungen. Wir bestellten jeder noch ein Glas, da gesellte sich die Zweite zu uns an die Bar.

»Ah, darf ich vorstellen? Clarisse, der stellvertretende Kapitän auf diesem Schiff. Sie steuert uns über den Fluss, zusammen mit meinem Onkel. Sie ist die Schutzgöttin unserer *Seine Princess*.«

Sie wirkte entspannt, hatte keine Probleme mehr mit dem UKW-Empfänger und musste auch nicht wie besessen das Steuer bedienen.

»Mein Schätzchen« (wandte Cheval blanc sich an Clarisse), »wusstest du, dass dieser junge Mann hier dem Rätsel vom Himmel fallender toter Vögel auf der Spur ist? Das ist offensichtlich sein Spezialgebiet, er ist gut informiert und auch schon beim dritten Gin Tonic. Aber pass auf, er ist möglicherweise ballaballa. Auf einem Schiff wie diesem weiß man nie …«

Der Barmann bot uns ein letztes Bier an, und weil ich die verpatzte Begegnung auf der Kommandobrücke vergessen wollte und weil ich sie außerdem schön fand und weil ich außerdem getrunken hatte, erwiderte ich ziemlich laut: »Was wirklich ballaballa ist, ist nicht meine Besessenheit mit diesen Vogelstürzen, und es gab übrigens schon drei, ja? Drei Abstürze. Wirklich ballaballa ist nicht, dass ich dieser Spur nachgehen und Erklärungen finden will, sondern wirklich ballaballa ist, dass ich da der Einzige bin. Ganze Vogelschwärme klatschen auf die Erde, und alle leben ihr kleines Leben weiter? Zweitausend Stare fallen vom Himmel, und alle gehen nach Hause, ohne den leisesten Zweifel, ob da nicht irgendwas faul ist. Im Himmel und auf der Erde. Wusstet ihr, dass die Vögel sich nach dem Sturz am Boden noch mehrere Minuten gequält haben? Wirklich verrückt ist doch, dass keiner so richtig über all das Bescheid weiß und dass es ein paar Kilometer nördlich vom ersten Regen gleich noch einmal passiert ist, und dann ein drittes Mal.«

»Weißt du«, bemerkte Cheval blanc, »ich hab schon immer geglaubt, dass über den Tod der Welt keiner eine Träne vergießen wird. Die Vögel werden verschwinden, weil's keine Äste mehr gibt. Du hast total recht, dass du mit deinen Nachforschungen weitermachst, okay? Und aus meinem Mund ist *ballaballa* absolut positiv gemeint.«

Clarisse meldete sich zu Wort: »Über Tiere gibt es ja jede Menge Geschichten, oft völlig abgedrehte. Letztens hab ich über einen Typen gelesen, der einen Privatzoo hatte, in den USA. Das muss man sich erst mal vorstellen, dass so was überhaupt geht, ein Privatzoo, aber gut, in den USA … Also dieser Typ hat Tiere gesammelt, und Schusswaffen hat er, glaub ich, auch gesammelt. Eines schönen Tages, man weiß nicht so genau, warum, hatte er es satt, seine Tiere einzusperren – er hat alle möglichen Arten gehalten: Raubtiere, Vögel, Zebras, Schlangen, ein echter Zoo eben. Diesem Typen, diesem Amerikaner, ist also die Sicherung durchgebrannt. Er hat seine Tiere befreit, alle Käfige geöffnet, und sobald er fertig war, hat er sich ein Gewehr aus seiner Sammlung geschnappt, sich den Lauf in den Mund geschoben und sich erschossen. Die Tiere sind vierundzwanzig Stunden herumgeirrt, rund um sein kleines Dorf, durch die Felder, über Supermarktparkplätze. Man kam aus der Dusche und stand vielleicht einem Affen gegenüber, auf der Straße musste man Tigern und Antilopen ausweichen. Natürlich haben sie schnell eine Safari gestartet. Statt die Tiere möglichst wieder einzufangen, hat die Polizei sie eins nach dem anderen abgeknallt. In der Zeitung war ein Foto von dem Gemetzel: Ein ganzer Zoo verreckter Tiere lag da herum. Es war furchtbar.«

Dieses ferne Blutbad brachte auch mich durcheinander, und ich wusste nicht, was ich sagen sollte. Cheval blanc war noch recht lebhaft, aber er begann zu schwächeln. Manchmal fielen ihm für ein paar Sekunden die Augen zu, dann schreckte er wieder hoch. Ich dachte an die Sintflut, an Noah und seine Arche: »Ich weiß nicht, wieso, aber das erinnert mich irgendwie an die Geschichte mit diesem Containerschiff. Ich glaube, es war vor Alaska auf hoher See und hatte mehrere Zehntausend Plastikspielsachen an Bord, vor allem gelbe Quietschenten für die Badewanne. Offenbar ist der Frachter im Sturm gesunken.«

»Hat die Besatzung überlebt?«

»Oh, keine Ahnung, gute Frage. Ich weiß nur, dass die ganzen Entchen in der Riesenbadewanne freigekommen sind. Monatelang hat man sie überall an den Küsten rund um Vancouver gefunden. Bei jedem Sturm wurden neue gelbe Plastikenten angeschwemmt, allesamt Überlebende des Schiffbruchs ihrer versunkenen Arche.«

Cheval blanc schlief mittlerweile tief und fest, sein Kopf ruhte auf dem Ellenbogen, der Ellenbogen auf der Theke, die Theke auf dem Wasser.

»Meinst du, wir sollten ihn in seine Kabine bringen?«, fragte ich Clarisse.

»Das passiert ihm öfter, der wacht bald wieder auf.«

Sie schlug vor, an Deck zu gehen und eine zu rauchen. Es war ein wenig frisch, alles war ruhig, es musste ungefähr zwei Uhr morgens sein. In der Ferne erblickten wir drei Fabrikschlote, riesenhafte Zylinder, die über ihre gesamte Länge von Scheinwerfern erhellt wurden. Sie bildeten eine Art Lichtergirlande, wie bei einem Tanzvergnügen, und spiegelten sich im Fluss. Den Schloten entströmte rötlich schimmernder Rauch einer anderen Welt. Die dichten Schwaden, die vollkommen harmlos wirkten, verloren sich in Zeitlupe zwischen langen, blinkenden, weißen und schwarzen Stahlmasten, die vermutlich Flugzeuge fernhalten sollten, vielleicht auch Vögel.

Clarisse zündete sich eine Zigarette an und erzählte weiter: »Dieser Frachter, der Spielzeug über die Küsten verteilt hat, der macht einem doch irgendwie Hoffnung.«

»Jedenfalls mehr als der abgeschlachtete Privat-Hagenbeck, so viel ist sicher.«

»Ja, man könnte fast von einem positiven Schiffbruch sprechen.«

»Oha, ein positiver Schiffbruch. Danach sollte man vielleicht suchen: nach dem positiven Schiffbruch. Vielleicht geht es vor allem darum, für unseren Schiffbruch die ideale Form zu finden.«

Clarisse betrachtete rauchend das Kraftwerk, lächelte und wich meinem Blick aus. Ich wollte ihr gern gefallen und etwas über Medusen erzählen, aber das Wasser war undurchsichtig; nicht das kleinste bisschen Plankton, bis zum Horizont nicht eine Leuchtqualle. Der einzige Lichtschein kam vom Elektrizitätswerk.

»Was gibt es Ergreifenderes als ein Atomkraftwerk bei Nacht?«, versuchte ich es in ironischem Frageton.

Und bei diesen Worten dachte ich zurück an die Tage und Nächte, die ich mit Anastasie in beständiger Furcht vor der radioaktiven Wolke von Fukushima verbracht hatte: Wir warteten auf den Weltuntergang, während wir uns liebten und besorgt mit halbem Ohr den Nachrichten lauschten, von denen wir uns gierig ernährten. In wenigen Tagen waren wir zu Experten des Kernkraftwerks Fukushima Daiichi geworden: Wir hätten freihändig eine Skizze der Reaktoren 1, 3 und 4 einschließlich ihrer Abklingbecken anfertigen können, wir wussten über den zeitlichen Ablauf der Gebäudeexplosionen Bescheid, über die Lecks, das Anrollen der Welle, die Erdbebenschäden. Weit von Japan entfernt, vor den giftigen Dämpfen sicher, waren wir in jenem Spätwinter ganz davon besessen, eine vor der Explosion stehende Welt von ferne zu beobachten. Unsere Liebe hatte sich für kurze Zeit verstärkt, als würde sie von der Angst vor dieser fernöstlichen Atomisierung getragen.

In den wenigen Augenblicken, die ich fern der *Seine Princess* an der japanischen Küste weilte, hatte Clarisse geschwiegen. Sie lehnte neben mir an der Reling, lebendig. Sie hatte auf meine unernste Frage nicht geantwortet, aber mir kam es so vor, als wäre sie näher an mich herangerückt. Ich setzte also erneut an, und als wollte ich die strahlende Erinnerung an Fukushima und zugleich jene an Anastasie vollständig auslöschen, wobei der Alkohol mir einen lächerlichen Mut verlieh, der mich Worte von solcher Anmaßung aussprechen ließ, wandte ich ihr mein Gesicht zu: »Du bist so schön«, sagte ich zu ihr, »wie ein Atomkraftwerk bei Nacht.«

Gerade als Clarisse sich küssen ließ, rief mir eine sarkastische Stimme vom anderen Ende des Decks zu: »Alles klar, lasst euch nicht stören!«

Es war Cheval, und seine Lautstärke bewies, dass der Alkohol angeschlagen hatte.

»Ich seh schon, ihr habt eure Chance genutzt!«

In diesem Moment begannen die Dinge, vor meinen Augen ein wenig zu wanken, als würde der Gin auf einen Schlag seine volle Wirkung entfalten. Die Lichter des Kraftwerks blinkten stärker als zuvor, und ich begriff sehr schnell, dass unser weißes Pferd gerade die Zügel schießen ließ.

»Ach, Mist«, seufzte Clarisse.

Er kam auf uns zu, hielt sich dabei an der Reling fest und wandte sich abwechselnd an uns und an die Seine.

»Ich grüße dich, alter Fluss, ich grüße dich, alter Fluss.«

Sein Blick verriet, dass meine Nähe zu Clarisse ihm überhaupt nicht passte. Er wurde deutlicher: »Na, Großer, haben deine niedlichen Vogelgeschichten gezogen? Du bist ihm aber doch nicht etwa auf den Leim gegangen, Clarisse? Na komm, Clarisse, wir verziehen uns, lass doch das kleine Arschloch. Komm.«

Als er vor mir stand, legte er mir die Hand auf die Schulter und klammerte sich an meinem Mantel fest. Er presste sich an meine Brust und sagte mir immer wieder Sätze ins Ohr, die von einer brutaleren Poesie waren als seine Weisen am Klavier: »Ist gut, jetzt beruhig dich mal, ganz ruhig, verdammte Scheiße.«

Sie drückten weniger meinen Mangel an Ruhe als seine eigene große Erregung aus. Er hängte sich noch schwerer an mich, für einen Moment konnte man an die feste Umarmung vor einer dauerhaften Trennung glauben oder an eine Judovorführung in Zeitlupe, einen alkoholisierten und arrhythmischen Volkstanz.

»Hör auf, Jérôme, du bist sturzbesoffen, das nervt.«

Der Wechsel vom Künstler- zum Taufnamen, den Clarisse zu seiner Besänftigung vollzog, deutete paradoxerweise an, dass der Wirklichkeitsbezug der Situation mehr und mehr verloren ging. Auch ich begann jetzt herumzubrüllen: »Jetzt reicht's aber, du Spinner! Lass mich los, verdammt.«

Ich vollführte eine raumgreifende Drehbewegung, und schon lagen wir am Boden und setzten das Gefecht auf feuchtem Eisen fort. Bedauerliches Duell zweier Trunkenbolde, in dem die wackeren, aber mittlerweile vollkommen jämmerlichen Ritter an zwei Säuglinge erinnerten, die auf ihrer Krabbeldecke herumzappelten. Nur Clarisse war noch im Vollbesitz ihrer geistigen Kräfte: Sie warf sich schreiend zwischen uns, packte eins meiner Beine und schleifte mich nach hinten wie einen ordinären Sack. Ich versuchte, den armen Cheval durch ein letztes Aufbäumen zu treffen, war jedoch schon mehrere Meter von ihm entfernt, und Clarisse ließ abrupt meine Wade los. Als mir meine Lage endlich bewusst wurde, kam ich zum besseren Luftholen auf alle viere. Ich war ein verwundetes Tier und musste meine demütigende Niederlage eingestehen. Ich hatte Kopfschmerzen und beleidigte Cheval-Jérôme ausspuckend ein letztes Mal. Clarisse half ihm auf und wandte sich dann an mich.

»Ich denke, du solltest jetzt lieber gehen. Jérôme geht's nicht gut. Und du siehst auch nicht besser aus.«

Als der Lautsprecher über meinem Bett eine Flamencomelodie von sich gab, die wohl als Wecker gedacht war, schlug ich die Augen auf, noch immer betäubt vom Gin, vom vergangenen Abend und dessen abschließendem Anti-Feuerwerk. Nachdem Clarisse Cheval in seinen Stall gebracht hatte, war sie vermutlich in ihre vizekapitänliche Präsidentenkabine zurückgekehrt. Vor dem lächerlichen Gekabbel hatte ich noch ihre Handynummer herausbekommen, und aus meiner Kabine 313 schickte ich ihr mitten in der Nacht mehrere Nachrichten voll betrunkener Anmachsprüche, gemischt mit unbeholfenen Entschuldigungen, auf die sie in ihrem großen Edelmut nicht reagierte. Sie hatte wohl wieder das Steuer übernommen, denn ein Blick aus dem Bullauge ließ mich vermuten, dass das Schiff abgelegt hatte und in seinem Tuckertempo einer müden, alten Dame den bräunlichen Fluss hinabfuhr.

Warum ich mit meinem Brummschädel, der immer noch von kleinen Stromschlägen des *London Dry Gin* heimgesucht wurde, mit trockenem Mund und unterzuckertem Körper, nun das zweite Buch von Plinius' *Naturkunde* aufschlug, das verstehe, wer will. Ich hatte das Werk noch vor der Abfahrt gekauft. Es war ein anständiger morgendlicher Muntermacher, eine Art antikes Aspirin. Um die Erinnerungen an den vergangenen Abend auszulöschen, war so etwas auch bitter nötig. Je länger ich darin blätterte, desto deutlicher musste ich mir eingestehen, dass eine Vielzahl der genannten beunruhigenden Fakten zu dem passte, was ich so gern *meine Angelegenheit* nannte. Die Schulter, auf die ich am Vorabend gestürzt war, tat weh, aber ich vermerkte meine Funde trotzdem eilig in meinem Tote-Vögel-Heft. Plinius erwähnte mehrere Niederschläge aus tierischen Bestandteilen in der »unteren Himmelsregion«, im römischen Jahr 702 regnete es »Ziegelsteine«, »[u]nter den Konsuln L. Paulus und C. Marcellus (50 v. Chr.) aber regnete es Wolle in der Nähe des Kastells von Carissa, bei welchem ein Jahr später T. Annius Milo erschlagen wurde«, berichtet wird außerdem, »dass es unter den Konsuln M. Acilius und C. Porcius (114 v. Chr.) und sonst noch oft Milch und Blut geregnet habe« und manchmal »unter den Konsuln P. Volumnius und Servius Sulpicius (461 v. Chr.) aber Fleisch, und dass davon die Stücke, welche die Vögel nicht weggeschleppt hatten, nicht verfaulten«, »ferner, dass es in Lukanien Eisen regnete«, wobei das herabfallende Eisen, so erläutert er, »das Aussehen von Schwämmen« hatte. Ich versuchte, mir wie Schwämme aussehendes Eisen vorzustellen, und ich dachte zuerst an den alkoholisierten Zustand meines Gehirns und dann an diese zweiseitigen Spülschwämme mit Topfkratzer, die ihr Dasein in den Tiefen des Ausgusses fristen und für besonders hartnäckige Flecken reserviert sind. Daraufhin war mir der Heilige Schwamm wieder eingefallen, mit dem man Christus am Kreuz zu trinken gegeben hatte, als er, nach Johannes, mit seinem letzten Atemzug ausrief: »Mich dürstet.« Zwei einfache und erschütternde Wörter, die seine Marterqualen ausdrückten, aber auch das Verlangen nach etwas, das Christus nicht einmal mehr benennen kann. Drei Jahre zuvor hatte ich eine Reliquie dieses Heiligen Schwamms in der Basilika Santa Croce in Gerusalemme in Rom gesehen, ausgestellt neben drei Splittern des Heiligen Kreuzes, einem Stückchen eines kleinen Nagels und zwei Dornen von der Heiligen Dornenkrone. Von diesen läppischen Überbleibseln hatte mich vor allem der Schwamm beeindruckt: verschrumpelt, schwärzlich, hatte er die moosartige Gestalt eines ausgedörrten Herzens.

Mein Geist verwirrte sich – waren das die Auswirkungen des Alkohols, Plinius des Älteren oder der Evangelien? –, ich sah mich selbst in Rom und auf Golgatha, dort fielen ebenfalls metallene Schwämme herab, lateinisches Blut und lateinische Milch strömten vom Himmel, und auch Essig, Wollpullover flatterten wie in Zeitlupe zu Boden, Regen und Backsteinkirchen zersetzten sich in der Atmosphäre. Ich hatte eine trockene Kehle, und die Konsulate von Paulus, Marcellus, Sulpicius und Pilatus gingen wild durcheinander. Mein Gott, mein Gott, warum hast du mich verlassen?

Per Lautsprecher unterbrach Suzannes Stimme meine unheilvolle Reise unter den antiken Himmeln: Hölle und Verdammnis, *das Mittagessen war angerichtet*.

Als ich im Restaurant (Oberdeck) ankam, sah ich einen Mann ausladend gestikulieren: Er schwenkte die Arme über dem Kopf von links nach rechts, so wie die Figuren auf den Hinweistafeln zur Rettung Ertrinkender, die auf allen Gängen des Schiffes aushingen. Der Ertrinkende war jedoch kein anderer als Jean-Pierre, und er richtete seine Notsignale an mich. Ich ging auf seinen Tisch zu.

»Ich habe Sie gesucht, ich muss Ihnen etwas erzählen.«

Ich setzte mich und hatte noch nicht einmal Gelegenheit zu einer kurzen, höflichen Begrüßung. Dennoch freute ich mich ziemlich, seinen zitternden Schnurrbart wiederzusehen.

»Es geht um Ihre Ermittlung. Heute Morgen konnte ich nicht mehr schlafen, so geht es mir inzwischen fast täglich, ich stehe um fünf Uhr auf, meine Frau findet das sehr anstrengend. Kurz und gut, ich bin früh nach draußen und ein bisschen am Ufer entlangspaziert. Ungefähr bis auf Höhe des Kraftwerks. Sie wissen schon, gegenüber von Giverny, hinter der Flussschleife, bei der wir angelegt hatten. Gut, also da unten hab ich eine Runde gedreht, wollte frische Luft schnappen, etwas Bewegung kriegen. Und da bin ich auf das hier gestoßen.«

Er zog sein Handy hervor und hielt mir ein Foto unter die Nase.

»Erstaunlich, was?«

»Äh, allerdings.«

»Sie lagen am Ufer. Alle fünf, auf dem Rücken. Ganz nah am Wasser, als wären sie gerade erst an Land gegangen. Nicht genau in einer Reihe, aber fast. Ich habe natürlich nichts angerührt, bevor ich das Foto gemacht habe. Das wollte ich Ihnen zeigen.«

Er drückte mir sein Handy in die Hand und bewegte die Lippen, ohne dass ich sagen konnte, ob er lächelte oder irgendetwas vor sich hin brabbelte. Dann sah er mich plötzlich mit zusammengekniffenen Augen an. Entdeckte er vielleicht gerade etwas in mir, und war diese Entdeckung kein besonders schöner Anblick? Wirklich furchterregend war allerdings das auf seinem Display. Ich drehte das Handy, um das Bild richtig herum zu betrachten. An den Hälsen und Flanken waren kleine, rote Punkte sichtbar. Abgesehen von diesen blutigen Wunden keine Auffälligkeiten: Entenschnäbel, Entengefieder, Entenflügel, allerdings – daran bestand nicht der Hauch eines Zweifels – vom Tode gestreift. Tote Enten, genauer: fünf tote Enten.

»Als ich das gesehen habe, musste ich sofort an Sie denken. Ich hätte Sie ja geholt, aber ich weiß gar nicht, in welcher Kabine Sie wohnen, und außerdem sollte das Schiff bald ablegen.«

Zum Mittagessen hatte Jean-Pierre mir ein Foto von fünf toten Enten mitgebracht, gefunden unweit des Kraftwerks. Das war, das musste einfach ein weiterer

Beweis sein oder zumindest eine Spur, der man nachgehen sollte. Dennoch wusste ich nichts zu erwidern.

Er fuhr fort: »Sie müssen doch zugeben, dass das ziemlich seltsam ist, diese fünf getöteten Vögel, so nebeneinander am Ufer, oder? Ich musste gleich an Sie denken.«

Ich war gerührt, dass er beim Anblick toter Vögel gleich an mich gedacht hatte, das beteuerte er mir jetzt schon zum zweiten Mal. Eines Tages, so sagte ich mir, werde ich vielleicht ganz automatisch mit diesem verstorbenen Federvieh in Verbindung gebracht werden. Es wird sich herumsprechen. Sobald ein Vogel runterfällt, *denkt* man an mich. Mein Bild wird im Anschluss an Vogelunglücke auftauchen, am Ende großer Jagden. Drosseln, Fasane, Ringeltauben, Rothühner, Stockenten oder Schnepfen: Sobald man das Tier am Boden sieht, blutbefleckt, zwischen den Lefzen des eigenen Hundes, denkt man an mich. Ich werde für aus dem Nest gefallene Vögel da sein, die man nicht gerettet hat. »Ich musste gleich an Sie denken«, werden sie mir sagen, mir schreiben. Beim Einschläfern von Wellensittichen ohne Heilungsaussichten werde ich den Tierärzten nicht aus dem Kopf gehen, und im Moment der Betäubung von Perlhühnern, Gänsen und Masthühnchen vor dem Ausbluten wird man meine Anwesenheit auf dem Schlachthof spüren.

Als ich elf Jahre alt war, hatte ich eine kleine, verletzte Taube im Garten meiner Großmutter gefunden. Sie hatte einen gebrochenen Flügel, und am Ende der

Ferien war noch nicht abzusehen, ob sie durchkommen würde. Während meiner Abwesenheit kümmerte sich meine Großmutter um sie. Sie hielt mich per Brief über ihren Zustand auf dem Laufenden. Viele Jahre später kam mir erneut eine ihrer Postkarten unter, auf der bloß stand: »Hoch lebe mein Enkel an seinem elften Geburtstag. Meine besten Wünsche und alles Gute. Ich drücke dich ganz doll. PS: Der Taube geht es sehr gut.« Der Satz »Der Taube geht es sehr gut« hatte mich lange Zeit begleitet, wie eine verschlüsselte Botschaft, und ich stelle mir vor, ohne mich genau daran zu erinnern, welch kindliche Freude ich an meinem Geburtstag beim ersten Lesen verspürt haben muss. Dieses wiedergefundene Postskriptum, eine geschriebene Spur der Sanftheit meiner Großmutter, rührte mich noch immer. Auch wenn um mich her die Vögel zu Hunderten herabfielen, auch wenn diese Vogellogik ganz schön bescheuert war, konnte ich mich durch das Wiederholen dieses Satzes beruhigen, klar und einfach wie eine Fremdsprachenlektion für blutige Anfänger: »Der Taube geht es sehr gut. Der Taube geht es sehr gut.«

Der Taube geht es sehr gut: zurück zu unseren Enten. Das Foto, das Jean-Pierre für mich gemacht hatte, war natürlich in vielerlei Hinsicht auffällig. Aber ich konnte im Grunde nicht noch einmal zurück, konnte zum Wohl meiner Recherche nicht verlangen, dass wir kehrtmachten. Diese fünf Enten am Ufer hatte ich verpasst. Musste man sie mit den Staren von Bonsecours in Verbindung bringen? Waren sie leblos herabgefallen? Nach dem Absturz getötet worden? Oder hatte der Fluss sie nach einem langen, trudelnden Todeskampf ans Ufer gespült? Vielleicht waren sie von einer tödlichen Krankheit befallen worden: Spanische Grippe, Ebola, Entencholera, was weiß ich. Oder waren sie schlichtweg alle zusammen eines schönen Wasservogeltodes gestorben?

Ich zoomte näher heran. Mehr war nicht zu erkennen: Nach und nach wurden die Entenpixel größer und erschienen durch die gerichtsmedizinische Darstellung umso kälter. Nachdem ich Jean-Pierre sein Handy zurückgegeben hatte, fragte er mich nach meiner Nummer: »Im Notfall muss ich Sie doch erreichen können«, fügte er lächelnd hinzu.

Ich hatte dieses Schiff bestiegen, um etwas zu sehen, Beweise zu sammeln, Spuren nachzugehen. Ich machte mir ein bisschen Vorwürfe: Der Gin, Cheval blanc, Clarisse hatten mich abgelenkt. Diese fünf verpassten Enten, völlig umsonst gestorben, in der Stille eines nuklearen Flussufers, stimmten mich traurig. Ich dachte an Clarisse' uranische Schönheit. Ich malte mir aus, umzukehren, oder meinen Vater anzurufen, um ihm eine weitere unnütze Nachricht zu hinterlassen, aber die Erschöpfung war stärker.

»Sie sehen schlecht aus, und Sie haben ganz kleine Augen«, sagte Jean-Pierre. »Essen Sie doch einen Happen.«

»Jetzt schaue ich schon seit zwei Tagen und sehe rein gar nichts. Meine Augen sind müde«, erwiderte ich und häufte mir geraspelte Möhren auf den Teller.

Ich aß gerade die letzten Löffel von meinem Obstsalat, als ich steuerbords eine vertraute Landschaft wiedererkannte. Wir fuhren an Bonsecours vorüber. Unter dem grauen Himmel stieg ich aufs Sonnendeck und beobachtete das Steilufer. Oben von den Felsen blickte Notre-Dame-de-Bonsecours auf uns herab, und vor der Kirche, auf der Spitze des riesigen Denkmals zu Ehren von Jeanne d'Arc, stürzte der goldene Erzengel Michael den Drachen der Apokalypse. Zwischen Basilika und Schiff segelten einige Möwen dahin, ohne sich um die Existenz des Teufels, die Posaune des siebten Engels oder um das allgemeine Seelenheil zu scheren. Der Fluss, bis hierher so ruhig, wurde vor Rouen allmählich voller: Ölkähne, Sandkähne, Kohlenkähne, Zementkähne, Müllkähne kreuzten sich ringsum und demonstrierten unserem Seniorenbummelkahn seine süße Oberflächlichkeit.

Ich näherte mich dem Ort, an dem vermutlich einige Antworten nisteten. Der erste Regen toter Vögel war hinter dem Steilufer von Bonsecours niedergegangen. Der zweite hatte sich ein Stück weiter entfernt ereignet, hinter Rouen, bei Blainville-Crevon. Auf dem Weg von Bonsecours nach Crevon und von Crevon nach Bonsecours würde möglicherweise Licht ins Dunkel kommen. Außerdem konnte ich Neuigkeiten direkt von meinem Vater einholen. Die vertrauten Gestade verliehen mir frischen Mut.

Die Fahrt die Seine hinab war nicht sonderlich rau gewesen. Ich hatte mir eine zerklüftete Schlucht vorgestellt, halsbrecherische Schleusen, den Zauber stiller Flussarme, eine schwierige Überfahrt über den Acheron. Doch tatsächlich war ich, fast ohne es zu merken, in schlammiges Fahrwasser abgedriftet und hatte Mühe gehabt, überhaupt etwas zu erkennen. Sicher, ich hatte ein bisschen in mein Tote-Vögel-Heft gekritzelt, die Augen offen gehalten, aber was hatte ich eigentlich gesehen? Eine Möwe, die zustimmend nickt und mich dabei starr anblickt. Fünf stocktote Stockenten neben einem Kernkraftwerk. Amerikanische Kampftauben. Tausende Plastikenten, die über den Nordpazifik irren. Ich hatte keine nennenswerten Fortschritte gemacht. Zum Glück würde ich die Erkundungen nun an Land fortsetzen können, direkt im Haupteinsatzgebiet.

Das Schiff näherte sich allmählich der normannischen Hauptstadt, und ich hätte mich für einen romantischen Helden halten können, der bald seine Illusionen verlieren würde. Die Haare im Wind, aufrecht auf dem Sonnendeck, hätte es ausgereicht, mich an diese Erde zu wenden, die gesehen hatte, wie der Tod vom Himmel fiel: »Nehmen wir's auf, Bonsecours. Nehmen wir's auf, Rouen. Nehmen wir's auf, Babylon.«

Wir kamen schon sehr früh am Nachmittag in Rouen an, während ich gerade Zuckerwürfel in meinen vierten Kaffee tauchte – und süße Kindheitserinnerungen aufstiegen. Wie es sich gehörte, hatte Suzanne das Wort ergriffen, um das Programm der Vergnügungen zu Lande vorzustellen. Diesmal schien die Taktung anspruchsvoller zu sein. Der überdrehte Vortragsredner vom Vorabend sollte das Manöver anführen; dazu gehörten ein Besuch des Kunstmuseums, ein Streifzug durch den historischen Stadtkern, die Erkundung eines traditionellen Fachwerkhauses und eine umfassende Führung durch die Kathedrale.

Wir hatten am rechten Flussufer angelegt, unweit des Kais, an dem ich als Jugendlicher bei meinen unbeholfenen Versuchen, die Mädchen zu beeindrucken, meine ersten Zigaretten geraucht hatte. Der Zug vom damaligen Tabak zeigte bei mir aufs Neue körperliche Wirkung. Ich spürte ein Ziehen die gesamte rechte Seite entlang und Rippenschmerzen, die mir bis unter die Lunge fuhren. Clarisse stieg von der Kommandobrücke und ging zum Landungssteg. Das Ritual nahm seinen Lauf: Während die Passagiere von Bord gingen, bildete die gesamte Besatzung bei jedem Zwischenhalt ein Ehrenspalier an Deck. Das alles nahm sich angemessen grotesk aus. Der Barmann, zwei Kellnerinnen, Suzanne, Clarisse und der Kapitän, in genau dieser protokollarischen Rangfolge, die Hände auf dem Rücken, die Schirmmützen fest auf den Schädeln, erwiesen einer Schar kleiner Altchen die Ehre, die sich anschickten, einem Fremdenführer mit markantem, blau-rotem Wimpel in der Hand zu folgen. Hinter seinem bunten Federbusch, einem Wappen in Rot und Blau, mit schwarzem Schräglinksbalken überdeckt, auf dem *Seine Princess* geschrieben stand, setzte sich die Truppe mit Trippelschritten in Marsch. Als ich selbst von Bord ging, wandte ich den Kopf Clarisse zu, wollte etwas Geistreiches sagen, aber wie schon neulich in der Kabine kam mir kein passender Satz in den Sinn, all meine Schlagfertigkeit war mir auf Deck davongeweht und durch die Anmutung eines in der Falle sitzenden Kaninchens ersetzt worden.

Ich folgte der Gruppe einige Meter, dann setzte ich mich ab; auf dieser normannischen Straße brauchte ich keinen Pfadfinder.

Ich nahm die Rue Racine zur Kathedrale. Ehrlich gesagt, wollte ich weniger den heiligen Ort als Madeleine wiedersehen. In den vergangenen Tagen hatte ich mehrmals an sie denken müssen, ohne wirklich zu verstehen, weshalb. Madeleine war die Irre von Notre-Dame, eine jener bemerkenswerten Gestalten, die verlässlich durch die Alleen zetern und Diakone, Stuhlverleiherinnen, Pfarrer und Chorknaben anpöbeln. Wenn ich in Rouen war, liebte ich das

Zusammentreffen mit ihr ebenso, wie ich es fürchtete. Die Kirchen – das ist eines ihrer großen Verdienste – nehmen sich noch immer der Außenseiter, der Halbbekloppten und gutmütigen Abgehängten an, denen man anderswo kaum mehr begegnet. Ich erinnerte mich an Julien, den ich bei meinem Aufenthalt auf Korsika an jedem Sommersonntag in der Kirche von Lugo in Venaco gesehen hatte; jedes Mal verbrachte dieser Junge mit Downsyndrom, etwa in meinem Alter, die gesamte Messe stehend im Mittelgang. Er sang äußerst laut, machte plötzliche, weit ausholende Armbewegungen und stürzte hastig vor, um als Erster die Kommunion zu empfangen, sobald der Pfarrer mit dem Kelch in der Hand nach vorn trat. Er jagte mir ein bisschen Angst ein, aber ich mochte ihn gern. Er wirbelte die verschnarchte Liturgie der Messfeier zuverlässig durcheinander, und seine Possen boten mir während dieser langen und langweiligen Minuten eine heilsame Abwechslung. Sollte man die Stärkung der Frömmigkeit in unserem schönen Reich der Franzosen vielleicht besser den Verrückten überlassen? In Rouen wurde diese Rolle also von Madeleine ausgefüllt, Madame Madeleine Dufay. Wenn man ihr begegnete, stellte sie sich jedes Mal vor: »Ich bin Premium-Pflegerin«, und um keinerlei Zweifel aufkommen zu lassen, fügte sie außerdem noch hinzu: »In der Geburtshilfe, nicht in der Psychiatrie.« Jedes Mal fragte ich mich, ob sie bei meiner Geburt im Hôpital Charles-Nicolle womöglich meine Mutter betreut hatte.

Kaum war ich bei der Kathedrale angelangt, hörte ich sie auch schon über die Priester wettern, die sie seit Jahren verfolgten: Pater Gourd, Pater Arquète, Pater Winter und noch andere Namen, die in ihrem Mund durcheinanderpurzelten. Mit ihrem strengen, grauen Dutt, einer Warze am Kinn und einer Brille mit kleinen, runden Gläsern ganz vorn auf der spitzen Nase schritt sie das Kirchenschiff ab wie eine Märchenhexe, eine verwachsene Baba Jaga aus den russischen Birkenwäldern, die in ihrem großen Beutel Zaubertränke und Verbitterung verbirgt. Sie war auf der Suche nach offenen Ohren für ihre abgehackten Wahnreden, und ich lieh ihr gern meine. Ihre Stimme faszinierte mich: Sie gehörte einer anderen Zeit an, als die Verrückten noch ein gepflegtes Französisch sprachen und alles malträtierten außer der guten Artikulation. Konnte Madeleine mir bei meiner Suche die Richtung weisen? In einer Welt, in der die Wirklichkeit gerade den Verstand verlor, war es nicht unlogisch, sich an jene zu wenden, die den ihren schon lange eingebüßt haben. Ich traf sie im Seitenschiff, in der Kapelle der Heiligen Agatha. Dort hingen einige Gemälde von der Sorte »zeitgenössische katholische Kunst«, die nur schwer einzuordnen war. Madeleine bewegte sich auf ihren Stummelbeinen von einem Bild zum nächsten und wies jeweils mit der linken Hand darauf, an der sie im Gegensatz zur rechten einen Handschuh trug. Ich lauschte ihrem gestörten Zungenreden, das in den hohen Steingewölben widerhallte. Sie wechselte den Platz und bezog in der nächsten Kapelle Stellung, in die ich ihr folgte. Sie ließ einem keine Zeit, irgendeine der Fragen zu beantworten, die ihre bedrängte Ansprache untermauerten. Wie man sich auch für eine Audienz bei der Sibylle in Geduld übt, wartete ich den passenden Augenblick ab, um ihr meine eigene Frage zu stellen.

»Ich wollte von Ihnen wissen, Madeleine …«

Sie redete bereits weiter, erzählte von den Priestern, wiederholte in einem komplexen Dialog, den sie vermutlich mit abwesenden Gesprächspartnern führte, immer wieder die Wörter »Intrige« und »Märtyrer«. Während dieser Ansprache sah sie mich abwechselnd intensiv an und wandte gleich wieder jäh den Blick ab, und es war, als würde ich aus der Kapelle verschwinden. Mein Existenzkoeffizient schien hochgradig variabel, ich war wahrscheinlich nur eine dieser eingebildeten Stimmen, die wie Blinklichter kurzzeitig in ihrem Geist aufflackerten. Schließlich ergriff ich die Chance einer Schweigeeinlage und brachte erfolgreich mein Anliegen vor: »Haben Sie davon gehört, dass Vögel tot vom Himmel fallen, Madeleine?«

Sobald sie verschnaufte, wiederholte ich die Frage fünf Mal, wie einen außer Rand und Band geratenen Zauberspruch. Unsere Nichtunterhaltung war wie eine unterbrochene Kreisbewegung: »Haben Sie davon gehört …«, sie wandte mir das Gesicht zu, »dass Vögel tot vom Himmel fallen?«

Als hätte sie mich endlich wahrgenommen, stockte sie, heftete den Blick auf mich und begann schrill zu keifen: »Machenschaften! Alles Machenschaften! Eminenz ist im Bilde, das sag ich Ihnen.«

In Madeleines Kopf gab es nichts als Ränkespiele der Pfarrer, Dramen des Kirchenchors und Gemeindeintrigen. Wie war ich bloß darauf gekommen, mit ihr über die Außenwelt sprechen zu wollen? Ihr Universum beschränkte sich auf die Kathedrale, die glücklicherweise riesig war: ein gewaltiger Turm, ein gut fünfzig Meter langes Querschiff, ein Erzbischof, sieben Priester und genug Kabale, um ein ganzes Leben auszufüllen. Seit zwanzig Jahren lief sie hier Patrouille, nistete sich in den Pfarrgemeindesitzungen ein, sorgte für Skandale während der Seelsorge und der Chorproben. All das hielt sie vermutlich am Leben. Ich hörte zu, wie sie ihre Schmähreden fortsetzte, da sagte sie plötzlich mitten in ihr Gefasel hinein: »Das Problem ist, dass sie überall hinmachen, diese Vögel. Das zersetzt den Stein; ja, aber auf die schönen Messgewänder von Pater Bourg machen sie nicht ... Die haben sogar einen ... also wissen Sie ... einen Spezialisten gerufen. Vom Naturkundemuseum. Einen Spezialisten. Um sie zu vertreiben, die Vögel. Aber ja doch, ja doch, immer haben sie gesagt: unrein. Wieder so ein Geniestreich von Pater Winter. Aber ich hab keine Angst, ich nicht, ich lasse mich nicht zu Tode foltern!«

Sie schwieg einen Augenblick, als wollte sie mir Gelegenheit geben, ihren Redeschwall zu entschlüsseln. Ich war da an etwas dran, sagte ich mir. Das konnte kein Zufall sein. Die Sibylle Madeleine hatte gesprochen. Ich versuchte, sie erneut in Schwung zu bringen, fragte sie, wer »die« denn seien, was es mit dieser Vertreibung, der Folter und dem Spezialgebiet des Spezialisten auf sich habe. Und dieser Pater Winter, welch frostige Absichten nährte er in seiner Brust?

Statt mir zu antworten, ging Madeleine auf den Altar zu und nahm ihre irrwitzigen Philippiken wieder auf, wobei sie ihre Attacken diesmal gegen den Kirchenchor richtete. Ich gab auf. Mir blieb nichts anderes übrig, als ihre mageren Aussagen, so gut es ging, zu deuten und die holprige Syntax zu enträtseln. Wenn man die verschiedenen Versatzstücke zusammenfügte, konnte man zu dem Schluss kommen, dass sie von einem Vertreibungsversuch jener Vögel sprach, die ihre Därme allzu oft über der Kirche entleerten. Pater Winter, Pater Bourg und ein namenloser Mitarbeiter des Naturkundemuseums hatten offenbar etwas mit alldem zu tun, galten Madeleine als Spezialisten für Vogelkot, Stare, Kathedralen oder Gott, so genau wusste ich es nicht. Der Wille, sich der Vogelkolonien zu entledigen, erinnerte mich an das Vorgehen von »Vogelvergrämern«. Dieses Wort hatte ich in einem mäßig spannenden Beitrag über Menschen entdeckt, die auf Flughäfen dafür zuständig sind, mit allen Mitteln den Tieren nachzustellen, die in Flugzeugmotoren geraten könnten. Sie trugen Helme, verfügten über alle möglichen Fallen und behaupteten, dass Wildgänse und Störche dazu in der Lage seien, Kampfflugzeuge zum Absturz zu bringen und sogar Boeings, indem sie in deren Triebwerke eindrangen. Vorsicht war geboten, denn als in den Flugzeugrumpf einschlagende Wurfgeschosse konnten diese gefiederten Davids den Goliaths aus Carbon die Schwingen brechen. Hatte

Pater Winter sich in den Praktiken der Vogelvergrämer ausbilden lassen? War die Kathedrale durchsetzt von Fallen? Ich hätte beschließen können, das alles ausschließlich mit psychiatrischen Werkzeugen zu interpretieren. Doch zum ersten Mal seit einigen Tagen schien es mir, als würde der von Vögeln verdüsterte Himmel meiner Ermittlungen ein wenig aufklaren. Ich hatte mir die lange, größtenteils unzusammenhängende Rede einer verrückten Alten angehört. Und doch sagte mir eine Stimme (hatte die schizophrene Entgleisung auch mich infiziert?), dass ich Fortschritte machte, dass ich an etwas dran war. Eine Fährte zeichnete sich wie ein Bleistiftstrich ab. In meinem wilden Gänsespiel war ich vielleicht endlich einen Schritt weitergekommen, und bevor ich mich ins Naturkundemuseum begab, zog ich nicht über das Gefängnisfeld, sondern machte einen Umweg über das Haus meines Vaters, in Bonsecours, wo alles begonnen hatte.

Der Bus setzte mich an der Hauptstraße ab, der Route de Paris, gegenüber vom *Super U.* Ich war seit fünf Jahren nicht mehr in Bonsecours gewesen. Wie im Vorort einer Provinzstadt konnte ich sofort sehen, dass sich seit meiner Kindheit alles und nichts verändert hatte, dass alles und nichts für immer so bleiben würde. Ich bog auf die Rue des Hauts Peupliers ein. Die namengebenden hohen Pappeln gab es nicht, nicht einmal eine kleine. Das Haus meines Vaters, die Nummer 47, war verschlossen; alle Fensterläden waren zugeklappt, bis auf die im zweiten Stock, wo er sein Arbeitszimmer hatte; nirgends Licht, der Garten im gleichen unschlüssig verwilderten Zustand wie bei meinem letzten Besuch. Dennoch klingelte ich mehrmals in wechselndem Rhythmus Sturm, lang und ausdauernd, dann wieder kurz und abgehackt. Ich wollte sichergehen, dass er tatsächlich auf keinerlei Zeichen reagierte: weder Türklingel noch Telefongeläut noch Alarmsignal noch Schlachtruf. Danach umrundete ich das Haus durch den Garten und kam schließlich wieder beim Vordereingang an.

»Sie, der ist weggefahren.« Die Nachbarin hatte ihr Fenster geöffnet. »Was wollen Sie denn von ihm?«

Ich wandte mich ihr zu.

»Ach, du bist es, mein Kleiner, ich hab dich gar nicht erkannt. Mensch, du hast dich ganz schön verändert. Das muss am Bart liegen und an der Brille, ach, das ist ja ewig her, dass du dich hast blicken lassen.«

Ich zwang mich zu einem Lächeln, aber geheuchelte Wiedersehensfreude brachte ich nicht über mich. Ich befragte sie zum Verbleib meines Vaters. Madame Rohn erklärte mir, dass er vor zehn Tagen bei ihr gewesen sei. Ihr zufolge wollte er mit dem Boot weg und hatte den Wagen genommen, um nach Honfleur zu fahren. Er hatte ihr die Hausschlüssel dagelassen, nur für den Fall. Sie bot sie mir an. Aber ich wusste nicht so recht, was ich damit anfangen sollte, meine Kabine auf der *Seine Princess* war mir lieber als dieser alte Seelenverkäufer von Einfamilienhaus.

Ich blickte zum Haus auf und verspürte Beklemmung. Ich wurde erneut vom Karussell der Unzufriedenheit erfasst. Die Welt durch herabgelassene Gitter zu betrachten, das war es, was mein Vater mir vermutlich am besten vermittelt hatte. Er lebte mir ein Leben immerwährender Unzufriedenheit vor und war über diese Unzufriedenheit natürlich auch wieder unzufrieden.

Sein stillschweigender Aufbruch überraschte mich. Normalerweise sagte er Bescheid, wenn er mit dem kleinen Kunststoffboot, das er seit seiner Pensionierung besaß, aufs Meer hinausfuhr: ein Anruf, eine Nachricht, irgendetwas. Ich ging alles noch einmal durch: Sein Handy klingelte weiterhin unbeantwortet. Er war vor zehn Tagen aufgebrochen, also am 27. Oktober (in

Gedanken schrieb ich: am 27.10.). Der 27. Oktober war exakt der Tag vor dem ersten Vogelregen gewesen, dem von Bonsecours (dem Artikel aus *Paris-Normandie* zufolge am 28. um 15.47 Uhr). Mein Vater befand sich an Bord der *Phénix V*, wahrscheinlich irgendwo auf dem Ärmelkanal. Es war schwer, hinter all diesen Ereignissen eine versteckte Logik auszumachen, die sie miteinander verbunden hätte.

Ich befragte die Nachbarin zum Vogelregen. Sie hatte natürlich davon gehört, wusste aber im Grunde auch nicht mehr und schien der Sache keinerlei Bedeutung beizumessen. Es war beim Stadtwald passiert, weiter oberhalb, auf dem Feld neben der Claude-Monet-Siedlung, erklärte sie mir. Etwa dreihundert Meter von unserem Haus entfernt. Es war an der Zeit, auf impressionistisches Gebiet vorzudringen.

Nichts zu finden, damit musste ich rechnen. Man stelle sich ein brachliegendes Feld vor, umkränzt von Einfamilienhäusern mit den immer gleichen roten Ziegeldächern. Dort waren sie abgestürzt. Was hätte ich auch erwarten sollen? Eine Landschaft wie aus einem Film noir? Knorrige, gespensterhafte Bäume? Einen beißenden Gestank nach Weltuntergang? Der Ort wirkte genauso harmlos wie das kleine Städtchen Bodega Bay aus Hitchcocks *Die Vögel*. Jetzt musste ich nur noch die Tippi Hedren von Bonsecours finden und mich mit ihr unter ihrem ziegelroten Dach verschanzen, um die nächsten Krähenangriffe abzuwehren.

Ein Feld also, Einfamilienhäuser, und ... nichts. Ich holte mein Tote-Vögel-Heft hervor und zeichnete: ein Feld, Einfamilienhäuser und nichts. Dann klingelte ich an mehreren Haustüren, um eine Zeugenaussage zu bekommen. Ich verspürte den Elan eines Lokalreporters, eigens ausgesandt von *L'Éveil Normand*, Ressortexperte des *Démocrate Rouennais*, Kriegsreporter des *Courrier Cauchois*. Unerschrocken suchte ich den Kontakt zur *örtlichen Bevölkerung* und trug als kugelsichere Weste nichts als mein Clairefontaine-Heft mit 96 Seiten. Doch das hatte nicht im Journalistenhandbuch gestanden: Mitten am Dienstagnachmittag fand sich im Umkreis der Claude-Monet-Siedlung keine Menschenseele, nicht einmal ein Sonntagsmaler.

Eine alte Dame beäugte mich mehrere Minuten lang im Schutz ihrer Vorhänge, ohne mir zu öffnen. Eine Haushaltshilfe, an der Gegensprechanlage, hatte keine Ahnung von nichts. Zum Retter meiner Hochseereportage wurde ein Mann, der vors Haus getreten war, um seinen Rasen zu mähen. In seinem Garten hatten sechs Vögel gelegen, er fand sie am späten Nachmittag, als er von der Arbeit kam.

»Es ist komisch«, erzählte er mir, »aber als ich hier ankam, hatte ich keine Angst. Ich habe bei mir und den Nachbarn diese verstreut herumliegenden Vögel gesehen und fand es beinahe schön. Ein bisschen wie ein Gemälde, wissen Sie, eine Art Jagdmotiv, aber sehr chaotisch. Ja, es war wirklich schön. Das Irritierendste war der Geruch. Man macht sich keine Vorstellung, wie penetrant so kleine Tiere riechen können. Der Gestank hat einem sofort die Kehle zugeschnürt. Ich hab mir die Szene angeschaut und mir dabei die Nase zugehalten, und dann hab ich gesehen, wie die Leute ringsum munter wurden, Fotos gemacht und sich Geschichten erzählt haben. Offenbar hat ein Junge einen Vogel auf den Kopf gekriegt, er saß gerade auf der Schaukel, in dem Garten da hinten, sehen Sie? Ich glaube, die Leute hatten wirklich Angst. Vor allem die, die zu Hause waren, das hat nämlich einen Heidenlärm gemacht, fünf Minuten lang, und mehreren Häusern hat es die Dachziegel zerschmettert. Alltäglich ist so was ja nicht. Man denkt: Jetzt fällt uns der Himmel auf den Kopf, da kann man nicht viel machen. Dann ist der Bürgermeister gekommen. Hat Hände geschüttelt, ein betroffenes Gesicht gemacht. Die Polizei auch. Keine Ahnung, was die hier zu suchen hatten. Und Tierärzte sind auch aufgekreuzt, in ihren weißen Kitteln. Die haben keine Hände geschüttelt, sondern wirkten besorgt. Kam einem fast wie bei einem Reaktorunfall vor, das war seltsam, die so in voller Montur zu sehen. Seitdem versuche ich, die Sache in der Zeitung zu verfolgen, und so weiter, aber da kommt nichts. Als wäre überhaupt nichts passiert. Schwups. Innerhalb von fünf Minuten fallen hundert Stare aus der Luft, und das juckt keinen, das ist normal. Stellen Sie sich mal vor, hundert Leute krepieren plötzlich mitten auf der Straße, fänden wir das etwa normal? In Blainville sind noch mehr Vögel runtergekommen, und in Bardouville offenbar auch. Das wiederholt sich. Und jetzt fordern manche Leute eine Entschädigung. Aber die Versicherungen wollen nichts davon wissen. Was soll man da auch ins Formular eintragen? Haushaltsunfall, Naturkatastrophe, herunterfallende Gegenstände, Tierangriff? Diese Vögel sind gewissermaßen auch in ein rechtliches Vakuum eingeschlagen, und es würde mich nicht wundern, wenn die daraus ihren Vorteil ziehen, die Versicherungen. Bei mir selbst geht's, ich hatte keine Schäden. Nur am Gartenhäuschen ist eine Ecke kaputt, nicht der Rede wert.«

Ich teilte sein Erstaunen darüber, dass man nicht mehr wusste. Er wollte wissen, für welche Zeitung ich schrieb. Gute Frage. Ich stellte mich als freier Journalist vor, Freelancer. Und außerdem würde ich in der Gegend wohnen. Oder besser gesagt: Mein Vater hatte ein Haus in Bonsecours. Ich wagte es nicht, diesem ehrbaren Mitbürger mein kugelsicheres Notizheft zu zeigen, denn ich fürchtete, er könnte meine Ergüsse als Scherz auffassen. Ich verriet ihm auch nicht, dass ich wenig Hoffnung hatte, für meine Recherchen je eine Zeitung zu finden, und dass ich vor allen Dingen nicht einmal daran glaubte, irgendwelche Entdeckungen zu machen, die je eine Veröffentlichung wert wären. Falls die Presse nichts davon wissen wollte, falls alle Ohren sich mir verschlössen, würde es bloß bei einem Heft bleiben, das ich ordnungsgemäß in meine Bibliothek aus Notizheften einsortieren konnte.

Vorläufig fiel es mir schwer, dieses apokalyptische Vogelquartett nachzuvollziehen. Der Stapel war durcheinander, und mir fehlte der Joker, den ich ganz oben auf mein aus Karten errichtetes Luftschloss hätte setzen können.

Der Anwohner fuhr fort: »Ich weiß nur, dass diese Typen, diese Tierärzte, Wissenschaftler, all diese Leute, Untersuchungen durchführen, anhand ihrer Proben. Die arbeiten mit so einem Kerl zusammen, angeblich vom Naturkundemuseum von Rouen.«

Nach Madeleine war das schon das zweite Mal in Folge, dass ich die Museumskarte zog. Alles deutete darauf hin, dass ich einmal dort vorbeischauen sollte.

Ich hatte noch niemals einen Fuß in das Naturkundemuseum gesetzt. Fünfzehn Jahre war es der Öffentlichkeit nicht zugänglich gewesen, dicht wegen Bauarbeiten. Manchmal kam ich auf dem Weg zum Bahnhof daran vorbei: Als Naturkunde hatte man lediglich Anspruch auf eine Plane, die, von Wind und Wetter zerrissen, von Jahr zu Jahr mehr zerfledderte. Mein Bruder hatte gleich nebenan gewohnt, in der Rue Beauvoisine, in einer Wohnung, von der ich bloß noch die mächtigen Holzbalken in Erinnerung habe, die einen ganz trübsinnig machten. Er war zehn Jahre älter als ich und genau zu der Zeit von zu Hause ausgezogen, als ich zehn wurde. Er hatte zunächst ein Zimmer in Rouen gemietet und war später nach Paris weitergezogen, bevor er sich schließlich in der Nähe von Nizza niederließ, so weit von der Normandie entfernt wie möglich. Seither ließ er sporadisch von sich hören, kam vorbei, reiste wieder ab, blieb niemals lange in Bonsecours, schien den Ort schnellstmöglich zu fliehen.

Ich ging die Straße entlang und sah mich plötzlich wieder in Paris, wie ich an jenem anderen Museum vorbeilief, um Woche für Woche meine Psychiaterin aufzusuchen, die dort ganz in der Nähe wohnte, gleich neben dem Jardin des Plantes, wo man die Wölfe sehen kann, ganz traurig hinter ihren Gitterstäben am Quai Saint-Bernard. Um zu ihr zu gelangen, nahm ich die nach dem großen Naturforscher benannte Rue Buffon. In der Abenddämmerung blitzten rechts im Dunkel die Skelette der großen Museumsgalerie auf; ein Stück weiter, auf der linken Seite, verbargen schmutzige Fenster die entomologische Bibliothek und sicher noch mehr faszinierende Laboratorien voller Staub und Insekten. Seit etwa anderthalb Jahren waren unsere Gespräche ein wenig versteinert, und ich widmete den Großteil meiner Sitzungen den Ausdrücken »nicht vom Fleck kommen« und »auf der Stelle treten«. Früher hatte ich eher mit den Wörtern Deprivation und Depression gespielt, ausweichende Sitzungen, Stotterkenntnis und Kofferwortspiele aus vergessenen Koffern. Es braucht nur ein paar Konsonanten, eine klitzekleine Assonanz. Man musste mich von meiner Deprivation heilen, um mich von meiner Depression zu deprivieren, so dachte sie (ohne es mir zu sagen), oder vielleicht auch das Gegenteil, musste die Buchstaben aus dem existenziellen Scrabble-Beutel neu mischen.

Was ich beim Scrabble-Spielen am meisten mag, ist das Klicken der Plastiksteinchen, wenn man auf der Suche nach einem Ausweg im Beutel rührt. Ich sehe noch genau die schöne, gebräunte Hand meiner Großmutter vor mir, wie sie an Sommerabenden, an denen man meine pyjamabewehrte Anwesenheit am Tisch der Großen duldete, in das grüne Säckchen eintauchte. Ich spüre wieder die frischen Nächte in dem Haus in Venaco und die leichte Beklommenheit vor den großen, ungleichmäßigen Steinblöcken, wenn man ganz allein in das obere Zimmer hinaufgehen muss. Scrabble ist so frustrierend wie das Leben: Ich könnte jetzt augenblicklich ein makelloses Wort bilden, aber es fehlt immer ein Buchstabe oder der richtige Platz, um es hinzulegen. Man würde die Wörter gern horten, sich warmhalten, um dann plötzlich die Karten auf den Tisch zu legen, das Spiel zu wenden, seine Schäfchen ins Trockene zu bringen und sich mit dem Schlusswort schlafen zu legen. Aber man muss alle Runden mitspielen. Bis ein anderes Wort auf dem Spielbrett eine ungeahnte, rettende Perspektive eröffnet. Es gibt Menschen mit zweifachem Wortwert, Nachmittage mit dreifachem, Y-Tage (zehn Punkte), sehr viele E-, A- und S-Vormittage (ein Punkt), vor allem gibt es Tage, wo wir aus all den vor uns liegenden Buchstaben nicht ein einziges Wort zusammensetzen können. Ein D, ein N, ein A, ein U, ein E (je ein Punkt): Ich lege DAUNE, fünf Punkte, einfacher Wortwert, kränklicher Schlaf, chronische Dormititis, geplatzte Luftmatratze am Beckenrand.

Ich drückte das Torgitter zum Museum auf. Ich trat in die Eingangshalle und wollte gerade um eine Auskunft bitten, als mir eine Steinbüste auffiel, die in einer Ecke thronte. Hinter der Skulptur, zwischen zwei pompösen Säulen, verblüffte mich eine auf eine große Marmortafel gravierte Inschrift. Dort stand: »Für Félix-Archimède Pouchet / Korrespondierendes Mitglied des Instituts (Akademie der Wissenschaften) / Leiter und Begründer des Museums / 1828–1872«. Ich sah mir die Tafel genau an, um mich ja nicht zu täuschen. In den vier Ecken waren ein schneckenförmiges Fossil, ein Skarabäus, eine Wildblume und ein Stelzvogel abgebildet. Und ein zweiter Blick bestätigte es: Dieser Félix-Archimède hatte tatsächlich den gleichen Nachnamen wie ich. Oder besser gesagt, teilte ich meinen Namen mit ihm. Wie auch immer, es kam aufs Gleiche heraus: Wir waren beide Pouchets. Ich hatte diesen gewöhnlichen Namen immer wie einen Stoff von mittelmäßiger Güte getragen, ein Kleidungsstück für jeden Anlass, grau und glanzlos. Zwei nicht sehr elegante Silben, von denen die erste, »pou«, im Französischen die Kopflaus, einen Schädling, bezeichnete und die zweite einige belanglose Reime hergab. Die Pouchets waren vom Namen her vermutlich einmal Schweinehirten gewesen, »porchers«, die sich ein wenig hervortun wollten, indem sie einen Konsonanten durch einen Vokal ersetzten. Ich hatte mich mit dieser bauernhöfischen Ahnenreihe einigermaßen arrangiert, und jetzt stellte ich durch einen Zufall fest, dass mein Name doch nicht so ordinär war: Die Familie hatte ein Akademiemitglied vorzuweisen. Einen Museumsleiter und -begründer. Und trotzdem war ich überzeugt, noch nie von diesem Félix-Archimède gehört zu haben – das waren schließlich keine Vornamen und Ehrentitel, die man so einfach vergaß. Vielleicht entstammte er einer anderen Familie oder einem anderen Familienzweig? Oder vielleicht war sein illustres Andenken seit 1872 verloren gegangen?

Ich wandte meinem Namen und der steinernen Ahnenhypothese den Rücken. Ich war hier, um den Museumsornithologen zu finden, über den ich bei meinen Nachforschungen seit einigen Tagen dauernd stolperte. Ich fragte den Mann an der Kasse, ob er ihn kenne oder schon einmal von ihm gehört habe. Er ließ mich die Frage mehrmals wiederholen, erklärte sich schließlich bereit, »seine Vorgesetzte« anzurufen, und so kam ich an die Telefonnummer eines gewissen Emmanuel Étienne – was für ein hübscher Doppelvorname –, Forscher am Naturkundemuseum, aber zurzeit nicht im Hause, tut uns wirklich leid. Ich rief ihn trotzdem an und setzte meinen schönsten Tonfall für absolute Notfälle ein, um ihm eine Nachricht zu hinterlassen, in der ich um ein möglichst baldiges Treffen bat.

Da ich nun natürlich alle Zeit der Welt hatte, nutzte ich sie für einen Besuch der Sammlungen des kleinen Museums, die zwei Stockwerke des Gebäudes einnahmen. Bis auf einige Beschriftungen, die erneuert und mit Zeichnungen für Kinder versehen worden waren, schien sich an diesem Ort seit dem neunzehnten Jahrhundert nichts verändert zu haben. Eine sich endlos hinziehende Galerie folgte auf die andere. Hier konnte man in alten, hölzernen Vitrinen recht hübsche, ausgestopfte Tiere bewundern, manchmal in künstlichen Nachbildungen ihres natürlichen Lebensraums. Ich ließ Löwen und Panther links liegen und wandte mich den unexotischen Exemplaren zu, die in meinen Augen sehr viel rührender sind als die Trophäen des Dschungels und die Fänge der Savanne mit ihren Muskeln und scharfen Reißzähnen. Es gab zum Beispiel eine sehr schöne Hundevitrine: Ganz oben taxierte ein Dalmatiner einen Spaniel, der einen Vogel im Maul trug, und in der unteren Vitrine ignorierten zwei rötliche Schäferhunde Seite an Seite höchst vornehm einen Chihuahua, der zu ihren Füßen ruhte. Ich blieb einige Minuten vor diesen Hunden stehen, die bis auf ihre Hundehaftigkeit rein gar nichts Bemerkenswertes hatten, und dachte über ihre einstigen Herrchen nach. Was hatten sie davon, ihre Tiere in diesem Museum ausgestellt zu sehen, mit leicht abwesendem Blick, die ausgestopften Pfoten angehoben, in Vorstehhaltung, als witterten die Hunde in der Nähe eine Beute?

Einige Meter weiter war eine große Vitrine den Wasservögeln von Moor, Strand und Weiher gewidmet. An die zwanzig Enten verschiedener Arten hielten sich sehr aufrecht, allesamt sicher auf ihren Ruderfüßen stehend, die Köpfe in die verschiedensten Richtungen gewandt, wie die aufeinanderfolgenden Zeichnungen eines angehaltenen Trickfilms. Mir kam es vor, als würde mich jede auf ihre ganz eigene Weise mit toten Augen mustern, wie bei diesen Porträts, die uns, egal aus welchem Winkel wir die dargestellte Person betrachten, mit dem Blick zu folgen scheinen. Eine kleine Gruppe Enten mit aufrechten Brüstchen und bunten Schnäbeln ließ mich nicht mehr aus den Augen. Sie verlangen Rechenschaft von mir, dachte ich, sie wissen, dass ich ein paar der ihren beim Atomkraftwerk im Stich gelassen habe. Sie erkennen mich wieder, tun so, als würden sie mich nicht sehen, als wäre es ihnen piepegal, mit ihren gesenkten Schnäbeln, aber innerlich lachen sie. Ein Stück weiter wirkte ein Krauskopfpelikan angesichts seines gewaltigen Schnabels kein bisschen verlegen. Ich stellte mir vor, wie er sich die Brust öffnete, um seine Jungen zu retten. In der Galerie der Ungeheuer trieben ein Lamm mit zwei Köpfen und zwei junge Schweine mit nur einem Kopf, zwei Körpern und acht Füßen (manchmal multiplizierte und dividierte Gott nur zum Spaß) in tröstlichem Formalin. Ich setzte meinen Gang fort, ich wollte alles sehen, jeden Schmetterling studieren, die blauen Phiolen zählen, die aufgereiht auf den Vitrinen standen: Was mochten diese Fläschchen enthalten, mit denen sicher schon Félix-Archimède hantiert hatte? Unsterblichkeitstränke, Wiedererweckungssalben? Ich schlenderte ein wenig durch sein Haus, ein Palast für Zoologen und Biologen, die dank der unbeweglichen Präsenz der Tiere, die sie geduldig präpariert hatten, ihrerseits die Jahrhunderte überdauerten.

Im oberen Stockwerk erregte ein zeitgenössisches Kunstwerk meine Aufmerksamkeit, das mitten im ersten Saal stand. Es handelte sich um das rostige Gerippe eines klitzekleinen, zerbeulten Autos, möglicherweise der Kadaver eines Fiat 500, den man auf einen Teppich aus vertrocknetem Laub gestellt hatte. In alle Richtungen brachen riesige, verkrümmte Äste daraus hervor, in denen einige leere Nester hingen. Die Installation hieß »Das Auto der Vögel« und war das Werk eines gewissen Vincent Dubourg. Ich umrundete es und dachte an die verzogenen, alterslosen Autokarkassen, von Vegetation verschlungen, die mich als Kind so fasziniert hatten, wenn sie mir auf den Uferwegen des Vecchio unterkamen, am Grund korsischer Schluchten, zu denen wir an fast jedem Sommertag zum Baden hinabstiegen. Ich war überzeugt, dass es die Relikte echter Unfälle sein mussten, kein Wunder bei den gefährlichen Haarnadelkurven, die mein Vater wie ein Irrer entlangbretterte. (Erst sehr viel später erfuhr ich vom örtlichen Brauch, seinen alten Citroën in die Schlucht zu stürzen, ebenso wie die alte Waschmaschine, die nicht mehr benötigte Badewanne, den Toaster, alles, was einen belastete und wofür man nicht die Kraft fand, zur Müllkippe zu fahren.) Ich malte mir damals aus, dass beim Sturz dieser Autos wirklich eine Familie ums Leben gekommen war. Sicher hatte niemand den Mut gehabt, sie am Fuß eines solchen Abhangs und am Ende eines so schroffen Pfades suchen zu gehen. Wenn ich nach dem Baden wieder oben angekommen war und in unserem roten Renault Nevada saß, hoffte ich nur eines: dass wenigstens für ein paar Minuten das nervenaufreibende und unablässige Gezeter zwischen meinem Vater und meiner Mutter aufhören würde. Mein Vater fuhr zu schnell, meine Mutter saß auf dem Platz, den man damals in Frankreich noch den »Totensitz« nannte, und ich befand mich in der Mitte der Rückbank, um besser geradeaus auf die Straße sehen zu können und so meine Übelkeit hinauszuzögern. Ihre Streitereien konnten Stunden dauern, aus immer wieder neuen und neu erfundenen Gründen, und ganz besonders im Auto waren sie mir kaum erträglich, nicht nur, weil ich sie dort auf engstem Raum durchstehen musste, sondern auch, weil ich derart in der Falle unbeholfen versuchte, vom Rücksitz aus die undankbare Rolle eines familiären Blauhelms auszufüllen. Fast immer scheiterte ich daran, diese offenen Schlachten zu entschärfen. Um mich von meinen Fehlschlägen abzulenken, und sicher auch, um die Gereiztheit auf diesen Fahrten von mir abzuwenden, entwarf ich im Geist dramatische Szenen. Eine davon kehrte häufig wieder und ähnelte dem süßen, ungesunden Traum von Kindern, die sich selbst zu Waisen fantasieren, um ein paar Tränen zu vergießen und sich zu versichern, dass sie es in Wahrheit gar nicht sind. Ich malte mir aus, dass wir nach der x-ten Schreierei und einem abrupten Lenkmanöver meines Vaters von der Zickzackstrecke abkamen und die Felswand hinabstürzten. Die Szene war erstaunlich schön, wie aus einem Kinofilm: Das Auto stieg in die Luft und prallte dann in Zeitlupe immer wieder vom Steilhang ab, bis es unten am Grund, in der Nähe des Gebirgsbachs, in einer Staubwolke zerbarst. Auf das blecherne Getöse folgte eine lange Stille. Natürlich hatte ich, ganz wie im Film, den Unfall als Einziger überlebt. Blutverschmiert, aber nicht zu sehr, gelang es mir, aus dem immer noch qualmenden Schrotthaufen zu klettern. Hier war das Märchen aber noch nicht zu Ende, denn ich sah mich mehrere Jahre später noch einmal – meine kindliche Fantasie machte vor keinem Zeitsprung halt, solange er nur das Pathos steigerte –, wie ich zum Grund der Schlucht zurückkehrte, zu dem Nevada, dessen rote Karosserie noch immer aus dem Gestrüpp hervorleuchtete. Endlich doch Waisenkind, konnte ich vor diesem Familiengrabmal unter freiem Himmel andächtig verharren und dem eitlen Objekt aus rostigem Metall im Würgegriff von Brombeerranken und Farnkraut ein paar Tränen opfern: unser Auto der Vögel.

Seit etwa einer halben Stunde war es dunkel, die leeren Säle wurden lediglich von alten Leselampen und einigen nachträglich angebrachten Neonröhren erhellt. Aus einem sanften, holzdunklen Licht trat man in helles, laborartiges Gleißen. Ich spiegelte mich in den Vitrinen, so deutlich, dass ich mir aus so manchem Blickwinkel einbilden konnte, direkt neben den Tieren in ihren gläsernen Gehegen zu stehen, an der Seite dieses Poitou-Esels im normannischen Exil, auf jenem künstlichen Gräserteppich in der Gesellschaft reizender, kleiner Frischlinge. Mein Doppelgänger konnte den rachitisch wirkenden Braunbären streicheln, den Rosaflamingo reiten. Auf jeder Etage gab es einen Wärter, und bei dem aus der zweiten hätte man meinen können, dass auch er in seiner Strickweste aus der Zeit der Vorväter ausgestopft war. Er sah auf die Uhr und schrie mir vom anderen Ende des langen Saals zu, dass das Museum jetzt schließe. Es war an der Zeit, das Personal und die Tiere in Frieden ruhen zu lassen. Ich erbat mir noch ein wenig Zeit, mir fehlte nur noch der letzte Gebäudeflügel.

Er hob erneut die Stimme: »Nein, Monsieur, wir schließen, bitte, gehen Sie zum Ausgang.«

In diesem Augenblick bog ich nach rechts ab und

flitzte in den hinteren Raum, gab vor, seine zweite Aufforderung nicht richtig verstanden zu haben. Als ich den Insektensaal betrat, hörte ich ihn durch die Galerie schlurfen. Auf großen, hohen Tischen waren Grillen, Käfer und alle möglichen Libellenarten ausgestellt. Ich fing an, die Namen einiger der vor mir aufgereihten Spezies in mein Heft zu übertragen (Zwölffleck, Spitzenfleck, Plattbauch, Vierfleck), aber der Wärter holte mich ein und baute sich vor mir auf. Ich hatte jetzt eigentlich keine Chance mehr, mir Notizen zu machen oder mich näher mit den erstaunlich banalen, rein aufs Äußerliche zielenden Namen der Libellulidae zu beschäftigen.

»Heda! Monsieur! Jetzt reicht's aber. Folgen Sie mir bitte. Genug ist genug!«

Ich fand es schade, dass man diese Szene nicht filmen konnte. Im Geiste sah ich mich ein Weilchen mit dem Wachposten Verstecken spielen, hinter einem Zebu verschwinden oder an den Leoparden vorbeischleichen. Kurz zog ich in Betracht, mir mithilfe meines mutmaßlichen Vorfahren eine Vorzugsbehandlung herauszuhandeln (»Meine Familie hat dieses Museum 1852 gegründet, da darf ich ja wohl wenigstens in Ruhe meinen Besuch beenden?«), aber schließlich verzichtete ich darauf (ich hatte meinen Ausweis nicht dabei) und folgte ihm zum Ausgang, wohin er mich mit der lustlosen Sanftmut eines Museumswärters geleitete.

Ich wurde hinaus auf den Bürgersteig befördert, vor das Museum. Gegenüber verfielen die Mauern der alten medizinischen Fakultät. Rechts hatte das Antikenmuseum ebenfalls schon geschlossen. Ich fühlte mich wie eine Libellula depressa, die in der kalten Jahreszeit hoch über Rouen schwirrt. Ich hatte soeben erfahren, dass ein höchst angesehener Wissenschaftler mit meinem Namen das Naturkundemuseum gegründet hatte. Ich hatte einige mir unbekannte Entenarten kennengelernt. Doch all das reichte nicht aus, mich zu beflügeln. Ich hätte gern mit einer lebenden Person gesprochen; die kalten, ausgestopften Tiere und dieser ganze Tag von Bonsecours bis Rouen, vom Verschwinden meines Vaters bis zum Auftauchen meines potenziellen Ururururgroßvaters, hatten mich ermüdet.

Ich verspürte keine Lust, für ein Drei-Gänge-Menü und ein Viertel Rotwein aufs Schiff zurückzukehren. Ich ging die Lebenden durch, mit denen ich zum Trost ein Glas trinken könnte. Sehr schnell schloss ich all meine alten Klassenkameraden aus; kein Bedarf an den Anekdoten ehemaliger Mitstreiter. Blieben noch Jean-Pierre, Cheval und Clarisse. Aus offensichtlichen Gründen entschied ich mich für einen Anruf bei Clarisse: Sie war weniger nervös als die beiden anderen und auch sehr viel schöner. Und Schönheit und wohl gewählte Worte waren an diesem Abend genau das, was ich brauchte.

Sie war einverstanden, mich kurz darauf in einer Bar in der Nähe der Kathedrale zu treffen. Während ich auf sie wartete, lief ich die Straßen auf und ab und versuchte, möglichst an nichts zu denken. Ich konzentrierte mich auf belanglose Dinge am Wegesrand: die Form der Verkehrsschilder, die Farbe der Fensterläden, die Haartracht anderer Leute. Ich ließ ausschließlich zusammenhanglose Fetzen der Wirklichkeit an mich heran und näherte mich so in freier Assoziation der Bar.

Durch das Fenster beobachtete ich, wie Clarisse die Straße heraufkam. Ich sah sie zum ersten Mal auf dem Festland. Hier, zwischen all den Passanten, wirkte sie verletzlicher, fast schon zaghaft. Ihre Schönheit passte sich dem Gelände an: Zu Wasser verströmte sie eine erdige Kraft, und auf der Erde schien sie von fließender Zerbrechlichkeit umfangen. Sie ist eine Art Amphibienfrau, dachte ich, ein Zwitterwesen, ein Katzenfisch.

Sie bestellte ein Glas lieblichen Weißwein. Meiner Meinung nach sollte man im Leben süße Weine und Liköre um jeden Preis meiden. Diesen Grundsatz fand sie albern: Was war mit Martini? Oder Portwein? Und mit den alten, fruchtigen Schnäpsen, die hinten in den Schränken der Landhäuser schlummerten? Ich nahm einen Wodka Tonic und bemühte mich anschließend, die lächerliche Auseinandersetzung mit Cheval thematisch zu umschiffen. Sie erzählte mir von ihrem freien

Tag an Bord, den technischen Problemen an einem der Motoren, der schrecklichen Atmosphäre des Musikquiz-Abends, dem sie soeben entronnen war. Ich fragte sie über ihre Laufbahn zur Zweiten Offizierin aus, über die Flüsse, auf denen sie unterwegs war. Sie erzählte mir von ihrer Kindheit in den Pyrenäen, ihrem Studium bei der Handelsmarine in Le Havre, der Gesellschaft *Blue Seine*, dem Frust über Schleusen und Pauschalreisen. Sie hoffte, bald das Schiff wechseln zu können, auf echten Frachtern echte Überfahrten zu machen. Später am Abend fragte sie mich nach dem Verlauf meiner Recherchen. Mehr schlecht als recht fasste ich zusammen: Madeleine die Kathedrale das Feld toter Vögel ohne tote Vögel die ausgestopften Tiere die morgendlichen Enten das Kraftwerk. Sie hakte nach, wirkte interessiert. Wir bestellten noch etwas zu trinken, und es war einfach perfekt, an diesem Ort zu sein, mit ihr, meinen Obsessionen und ein wenig frischem Wodka, versetzt mit Tonic Water. Ich erzählte von der Begegnung mit der Steinbüste meines berühmten Vorfahren, sprach über das Naturkundemuseum, über die Libellen und über Zufälle. Clarisse unterbrach mich. Sie fand »das alles sehr schön«, aber sie verstehe nicht ganz, warum ich das alles eigentlich mache. Das sei ihr nicht klar. »Also los, jetzt nenn mir mal die *wahren* Gründe für deine Ermittlungen«, forderte sie. Ich war durcheinander, ich begriff nicht, was Wahrheit und Vernunftgründe plötzlich hier zu suchen hatten. Ihre Fragen brachten das Konstrukt aus Berichten und Anekdoten ins Wanken, das ich beständig wiederholte, in der Hoffnung, einen sinnvollen Zusammenhang herzustellen. Daraus die Logik und Entstehungsgeschichte herauszuarbeiten, wurde zur Bewährungsprobe. Warum machte ich das alles? Mir fielen ausschließlich Synonyme für die Wörter *Angst* und *Untätigkeit* ein. Ich versuchte, ihr von meiner vernachlässigten Doktorarbeit zu erzählen, dann von meinem Vater, und dann stotterte ich richtig drauflos, weil ich ihr das Projekt zu einem Abenteuer darlegen wollte, das ja möglicherweise, weißt du, also …

Sie unterbrach mich: »Das ist schon lustig, sobald du dich erklären sollst, druckst du herum. Man könnte meinen, dass dir dein Leben auf der Zunge liegt.«

Clarisse war ein dämmerungssichtiger Katzenfisch, der die Klippen im nächtlichen Meer sehr gut ausmachen konnte. Es war offenkundig, und ich hatte bloß darauf gewartet, dass es einmal so deutlich ausgesprochen wurde: Mir lag das Leben auf der Zunge. Und vielleicht war das auch der Grund, dass ich mich auf einem Kahn wiedergefunden hatte und die Flussufer nach toten Vögeln absuchte, eine Ermittlung durchführte, mit der mich niemand beauftragt hatte und die so einigen Menschen herzlich egal war. Also ja, klar, natürlich, mir lag das Leben auf der Zunge. Auf der Zunge lagen mir die Pflichten, Entscheidungen, Abenteuer im Geiste, das Sozialleben und die Eroberungen. Mir kam es so vor, als lebte ich mein Leben, ohne je wirklich auszusprechen, was mir zustieß, und als opferte ich dabei jede Menge Silben, Wörter und Satzprojekte. Ich bekannte ihr also meine Leidenschaft für Stotterer und deren verletzliche Anmut.

»Ich weiß nicht genau, warum, aber alle Stotterer wühlen mich auf. Stottern ist eine Art permanentes Schwanken zwischen Leben und Tod«, erklärte ich ihr. »Ich fühle mich mit ihnen solidarisch. Stotterer aller Zungen, vereinigt euch. Weißt du, ich denke oft an all die Sätze, die sie sich leider abschminken müssen, an die vielen auf später verschobenen Bemerkungen, an all den tot geborenen Mutterwitz. Stell dir die ganzen in ihnen festsitzenden Entgegnungen vor. Stotterer sind sozusagen lebenslänglich zu mangelnder Schlagfertigkeit verdammt.« Das flößte mir frischen Elan ein: »Also, ein Stotterer ist ja gewissermaßen ein riesiger Satzfriedhof. Manchmal, nach einer übermenschlichen Anstrengung, erheben sich ein paar Sätze trotzdem wieder, wie Zombies: Arme voraus, selbst verschreckt von all der frischen Luft um sie her. Zombiesätze.«

Ich redete zu viel, das spürte ich, aber ich konnte nicht anders. Ich wollte gerade das Stottern Moses ansprechen, als sie mich erneut unterbrach. Diesmal stellte sie mir keine Frage, sondern küsste mich einfach. Ich weiß nicht, ob sie mich bloß zum Schweigen bringen wollte, aber ich ließ es mir gefallen, denn ihre Zunge war sanfter als mein Gestammel.

Ein paar Augenblicke später waren wir vor der Bar. Ein paar Sekunden danach auf dem Bootssteg. Noch ein paar Minuten und wir waren in ihrer Kabine. In meinem Kopf spielte sich das alles binnen drei Sätzen ab, während derer wir uns weiter küssten, erst bekleidet, dann unbekleidet, dann einer im anderen. Die süße

Trunkenheit brach auf, und ich sah alles ganz klar: ihre nackten Beine, ihre zarten Brüste, ihre präzisen Gesten, die sich in der winzigen Kabine entluden. Zum ersten Mal seit vielen Tagen waren die Vögel aus meinem Geist verschwunden, Clarisse' Körper füllte alles aus. Die Fremdartigkeit der zurückliegenden Tage, die nervöse Suche nach Hinweisen und einer logischen Erklärung waren plötzlich wie weggewischt. Die Wirklichkeit musste nicht länger interpretiert werden, es gab keine Hinterwelt, keinen Himmel und auch kein Gestotter. Übrig blieben nur unsere nackten Körper, die im Halbdunkel ihren Genuss suchten. Nur noch Erschauern, Bewegung und Zärtlichkeiten, Zungen und Haut, die endlich vor den großen Bedeutungen geschützt waren.

Alles wirkte weniger beängstigend, bis die Dinge sich plötzlich umkehrten und mein Orgasmus mich unerwartet in heftige, krampfartige Schluchzer ausbrechen ließ. Es waren Schluchzer der Befreiung und der Sorge. Mit einem Mal, in der engen Kabine dieses Kahns, der müde Menschen über den Fluss schipperte, in den Armen dieser Frau, die ich bloß ein paar Dutzend Stunden zuvor kennengelernt hatte, kam der Höhepunkt und löste eine einfache und glückliche Vereinigung der Körper auf. Und das war vielleicht ein bisschen zu schwindelerregend für mich.

Ich beruhigte Clarisse: »Es ist nichts, ich habe nur das Gefühl, in eine gewaltige Leere zu fallen und dass diese Leere in mir drin ist. Alles ist sozusagen sehr tief. Aber es geht schon, nicht so schlimm.«

Meine Tränen verwandelten sich in Lachen oder mischten sich vielmehr damit, bis man das nicht mehr voneinander unterscheiden konnte. Es war nichts als ein körperliches Zittern, die muskuläre Reaktion auf ein Sehnen, das man nicht begreift.

Eine Freundin hatte mir eines Abends erzählt, dass Mauersegler, unscheinbare Seglervögel, niemals irgendwo landen, dass sie ununterbrochen in der Luft sind. Die Paarung, hatte sie noch gesagt, vollzieht sich im Flug und endet mit dem Tod, dem kleinen und dem großen, des Männchens, das zu Boden fällt, ganz wörtlich. Clarisse jedoch sagte an diesem Abend nichts. Kein Vergleich, kein Bild, kein Witz, und dieses Schweigen war kostbar. Trotz der mutmaßlichen Lächerlichkeit meiner schlecht artikulierten metaphysischen Krise nahm sie mich in die Arme und streichelte mir übers Haar, wie man es bei einem durch nichts zu beruhigenden Kind tut. Ich weiß nicht mehr, worüber wir anschließend gesprochen haben, ich erinnere mich nur noch, dass ich eingeschlafen bin und dabei dachte, selten so glücklich und zugleich so voller Angst gewesen zu sein.

Ich wurde ziemlich früh wach; Clarisse schlief neben mir. Ich dachte an die Vögel, an Félix-Archimède und an das, was darauf gefolgt war. Ich stand auf und betrachtete Clarisse. Bevor ich die Kabine leise verließ, kritzelte ich auf einen Zettel mit *Seine Princess*-Briefkopf: »Danke, Clarisse, und entschuldige die Tränen gestern Abend. Heute früh konnte ich nicht mehr schlafen, und du warst sehr schön. Ich bleibe noch ein bisschen in Rouen. Gute Reise.«

Ich ging noch einmal in Kabine 313 vorbei, packte meine Sachen zusammen und machte mich dann auf den Weg in die Stadt, einen Kaffee trinken. Nach diesem Zwischenspiel kam ich wieder zu Bewusstsein, so wie man sanft aus einer Narkose erwacht. Ich lief, recht verschlafen, über den Uferdamm, stieß gegen einen Pfosten und rempelte einen Straßenkehrer an. Ich bewegte mich vorwärts wie ein tollpatschiger Krebs, der außerhalb des Wassers gefangen ist. Und das erinnerte mich an Gérard de Nerval, der manchmal (das war doch mal ein wahrer Poet) einen lebendigen Hummer an einem blauen Band im Jardin du Palais Royal spazieren führte. Als man ihn zu diesem exzentrischen Verhalten befragte, erwiderte Nerval unverfroren: »Inwiefern wäre ein Hummer lächerlicher als ein Hund, eine Katze, eine Gazelle, ein Löwe oder jedes andere Tier? Ich habe eine Affinität für Hummer – sie sind ruhig, ernst, sie kennen die Geheimnisse des Meeres und bellen nicht.« Ich hatte einmal gehört, dass Hummer unsterblich seien oder dass sie zumindest nicht altern. All ihre Zellen hören niemals auf zu wachsen, und sie werden immer und immer fetter. Der Hummer ist ein potenziell unendliches Krustentier. Allerdings ist er irgendwann zu füllig, um sich noch in seiner Unterwasserhöhle zu verstecken. Er stirbt deshalb meist durch die Angriffe anderer Meerestiere.

Man brachte mir meinen Kaffee, gerade als Emmanuel Étienne mir eine Nachricht schickte. Er war bereit, mich wenig später im Museum zu treffen. Endlich würde ich mit meinem zweiten Zeugen sprechen können. Den Rest des Vormittags verbrachte ich damit, noch einmal mein Tote-Vögel-Heft durchzulesen, genauere Angaben hinzuzufügen, an einigen Fakten zu schrauben. Um elf Uhr saß ich Emmanuel Étienne von Angesicht zu Angesicht in seinem Büro gegenüber, das vollgestopft war mit Infotafeln zu verschiedenen Vogelarten, Bücherstapeln und einem Raubvogelskelett beim staubigen Fenster. Emmanuel Étienne machte nicht besonders viel her: blonde, sehr kurze Haare, rechteckige Brille mit schmalem Gestell, schlabbrige Hose und ein undefinierbares kurzärmliges Hemd. Ich spürte seine Vorsicht. Sofort verkündete er mir, dass er nur sehr wenig Zeit für mich habe. Dann fragte er, wer ich sei, warum ich mich für all das interessiere, wer mich geschickt habe. »Was ist dein Begehr, Genosse Ornithologe?« Ich blieb vage und beschloss, mich als unabhängiger Reporter auszugeben. Ich gehörte in der Tat keinem Pressehaus an, war weder einem Staat noch einer Partei verpflichtet. In Wahrheit war ich jedoch von allem und jedem abhängig, von Zufallsbegegnungen, meinen Obsessionen, meiner Trägheit und meinen Hoffnungen. Ich versuchte herauszufinden, was seine eigenen Ermittlungen ergeben hatten. Emmanuel wich geschickt aus, Étienne zögerte die Antworten hinaus,

Emmanuel Étienne verschaukelte mich im sachlichen Tonfall eines leidenschaftslosen Laboranten.

Ich wurde konkreter: »Haben Sie von Problemen mit Vögeln im Umkreis der Kathedrale gehört? Ich habe es so verstanden, dass da irgendetwas vorgefallen sein soll.«

Wenn man bedachte, dass meine Informantin Madeleine hieß, war dieses »Ich habe es so verstanden« mehr als gewagt, aber gut.

»Ach, ja, die haben mich vor ein paar Monaten angerufen. Es gab Ärger mit Staren, die auf den Dächern der Kathedrale übernachtet haben. Das hat für gewisse Unannehmlichkeiten gesorgt. Insbesondere weil die Steine von deren Exkrementen stark angegriffen wurden. Man hat gezögert, Maßnahmen zu ergreifen, um sie zu vertreiben. Letztlich ist man lieber nicht eingeschritten. Ich habe ihnen dazu geraten, da nichts zu unternehmen.«

»Und sie haben auch nichts unternommen?«

»Tja, nein, ich schätze nicht. Aber fragen Sie sie doch selbst, wenn Sie da sichergehen wollen. Ich gebe Ihnen den Kontakt des Verwalters, Pater Winter.«

»Aber trotzdem sind diese Abstürze Hunderter Vögel doch nicht normal …«

»Wissen Sie, ich persönlich bin Spezialist für die Vögel Ozeaniens. Darüber habe ich meine Doktorarbeit geschrieben und forsche jetzt zum Fortpflanzungs- und Nistverhalten des Papuahornvogels, der, wie sein Name vermuten lässt, vor allem in Papua-Neuguinea und Indonesien vorkommt. Mit den Vögeln der Normandie kenne ich mich nicht so gut aus, aber ich schätze, dass es viele Gründe für die Abstürze geben kann: Schockerlebnisse innerhalb einer Kolonie, kollektive Anfälle von Wahnsinn, Massenpanik, Vergiftungen.«

»Und haben Sie unter all diesen Hypothesen eine Präferenz?«

»Schwer zu sagen, um ehrlich zu sein. Es liegen noch nicht alle Laborergebnisse vor. Denkbar wäre, dass Pestizide im Spiel sind. Vielleicht wird man auch nie herausfinden, was passiert ist. Wissen Sie, kürzlich hat man in Kanada 37 Millionen tote Bienen gefunden. Da stellt niemand einen Zusammenhang her. Erst fallen Insekten, jetzt Vögel. Der Himmel gehört nicht länger allen.«

»Man wird die Ursache also vielleicht nie herausfinden?«

»Ja, es gibt eine Menge Phänomene dieser Art. Wir müssen das Nichtwissen akzeptieren. Als Wissenschaftler kann ich Ihnen versichern, dass das ganz und gar nichts Außergewöhnliches ist.«

Ich traute mich nicht, ihm zu sagen, dass mir als selbst ernanntem Ermittler in Sachen Abstürze, ehemaligem Einwohner von Bonsecours und Leser von Plinius dem Älteren und Charles H. Fort die Akzeptanz dieses Nichtwissens nicht passte. Der Himmel gehört nicht allen? Soll das deine Erklärung sein, Emmanuel? Ich spürte, dass Étienne den Fortbestand meiner Recherchen unmittelbar bedrohte. Ich wechselte das Thema.

»Was lustig ist: Als ich hier angekommen bin, habe ich entdeckt, dass ich den gleichen Namen habe wie der Gründer des Museums, Félix-Archimède.«

»Sie heißen Félix?«

»Nein, ich heiße Pouchet.«

»Ach so.«

Es schien ganz so, als würde ihn dieser Zufall vollkommen kaltlassen: Gefühlsmäßig war er ein Lauer. Er stand auf, um mir anzuzeigen, dass das Treffen sich dem Ende zuneigte. Während ich ihm zur Tür folgte, befragte ich ihn zur Person von Félix-Archimède, und bei seiner Antwort setzte er eine mitleidige Miene auf: »Er gerät ein wenig in Vergessenheit, der arme Pouchet. Zum Glück steht seine Büste im Eingangsbereich. Ich fürchte, er verschwindet sogar gerade aus den Lexika. Da findet man ihn sowieso nur aus einem einzigen Grund: Er hat sich dem großen Pasteur widersetzt, und er hat verloren. Übrigens ein feiner Disput, zum Thema Spontanzeugung. Ich würde Ihnen ja gern mehr erzählen, aber ich muss los, ich halte einen Vortrag auf einem Kongress in Metz, mein Zug fährt in einer halben Stunde. Wenn Sie mehr über Ihren Vorfahren herausfinden wollen, gehen Sie doch mal in die Stadtbibliothek, die haben ziemlich viel über ihn.«

In den Lesesaal der Stadtbibliothek setzte ich mich mit dem Gefühl, ein in den Hauptsitz des KGB eingeschleuster Doppelagent zu sein, der einen Geheimdienstbericht über ein Mitglied seiner eigenen Familie anfertigen will. Die sowjetisch anmutende Einrichtung – poliertes Glas an der Zimmerdecke, stalingrauer Teppich, große Karteikästen aus sibirischer Zirbelkiefer mit kleinen, chromblitzenden Knäufen – wirkte beruhigend auf mich, ich fühlte mich in ein sepiafarbenes Bild versetzt, um eine schwarz-weiße Vergangenheit zu erforschen. Ich forderte alle Werke an, die sich um meinen Vorfahren zu drehen schienen: Nachrufe, Bücher, Berichte und Zeitschriften. Ohne System, in der Reihenfolge, in der der Bibliothekar die Bände zwischen mich und meine rothaarige, in ein illustriertes Dermatologiehandbuch vertiefte Sitznachbarin türmte, entdeckte ich mit wachsender Faszination, was für ein Mensch Félix-Archimède gewesen war. Im Jahr 1973 hatte die Stadt Rouen ein Symposium organisiert, dessen Beiträge unter dem Titel *Félix-Archimède Pouchet. Begründer der modernen Zytologie. Begründer des Naturkundemuseums von Rouen* zusammengefasst waren; zahlreiche Wissenschaftler zitierten seine Werke; der Soziologe Bruno Latour hatte ihm ein Kapitel gewidmet; eine Historikerin der Biologie, Marylise Cantor, hatte ihn sogar in ihrer Doktorarbeit behandelt: *Pouchet: Gelehrter und Populärwissenschaftler* (den Titel fand ich schlicht und schön). Eine Doktorarbeit. Darin gab es Schaubilder, Kreuztabellen und Statistiken, kühl und verführerisch wie Marmor. Kurz dachte ich an meine eigene Doktorarbeit, die aus Überdruss gerade am Wegesrand meiner akademischen Laufbahn zurückzubleiben drohte. Ich stellte mir manchmal vor, wie sie ganz allein auf der Suche nach mir umherirrte, bloß am Leben gehalten von labbrigen Sandwiches und schlechtem Kaffee an stillgelegten Autobahnraststätten. Sehr schnell verscheuchte ich diese unangenehme Vorstellung wieder und ließ mir große Kartons mit allen Berichten des Naturkundemuseums von Rouen seit 1860 bringen. Im Stillen dankte ich den Menschen, dass sie meinem Vorfahren einen Teil ihres Daseins gewidmet hatten und mir meine eigene Geschichte nacherzählten. Ausgehend von diesem Datenbrei, versuchte ich, Ordnung in die Sache zu bringen und das Lebensprinzip zu finden, das all die unlesbaren Bibliografien und jene Bücher mit ihrem milden Modergeruch befruchtet hatte.

Als Sohn von Louis-Ezechias und Enkel von Abraham Pouchet wurde Félix in eine protestantische Familie geboren, als fünftes und letztes Kind einer Brüderschar, bestehend aus Louis-Brutus, Solon, Henri-Adolphe und Auguste-Théodore. Sein Vater hatte seinerseits sechzehn Geschwister gehabt. Wir standen am Anfang der Geschichte, und es schien mir, als würde sich das Alte Testament vor meinen Augen neu schreiben, in einem normannischen Palästina, in dem die Auserwählten und Propheten aus Honoratioren, Industriellen und dem einen oder anderen Freimaurer bestanden. Félix-Archimède erblickte im Jahr 1800 das Licht der Welt (genauer gesagt am 8. Fructidor des Jahres VIII). Kaum hatte er ein vernunftbegabtes Alter erreicht, da starb sein Vater. Letzterer war Manufakturbesitzer, Humanist, Freund der Wissenschaften und zudem begeisterter Anhänger der Ballonfahrt gewesen, offenbar ein Feingeist. Er hatte versucht, neuartige Spinnmaschinen aus England einzuführen, bis diese geschäftliche Unternehmung letztlich scheiterte.

Bei seinem Tod war deshalb kein Vermögen übrig, dafür aber eine große Bibliothek, die sein Sohn Félix-Archimède als Erbe erhielt. Von da an begann der kleine, siebenjährige Archimède, Physikbücher zu verschlingen, wie andere sich die Augen an Mantel-und-Degen-Romanen verderben; und sehr bald schon stieß er auf einen wahrhaft gewaltigen Regalabschnitt der väterlichen Bibliothek – wie hätte er die siebenunddreißig Bände, die sein Leben für immer verändern sollten, auch übersehen können: *Die Naturgeschichte*, 1739 begonnen von Georges-Louis Leclerc, Comte de Buffon, gerade als dieser, als frisch ernannter Verwalter der königlichen Gärten, ein wenig freie Zeit hatte, um sich in Ruhe den eigenen Gedanken zu widmen. Es gab fünfzehn mit Kupferstichen illustrierte Bände der *Allgemeinen und speziellen Geschichte der Natur*, neun Bände der *Naturgeschichte der Vögel*, sieben Ergänzungsbände, fünf Bände der *Naturgeschichte der Mineralien* und eine *Abhandlung über den Magneten*, eine Art Abschlussfeuerwerk. Buffon sagte es schon zu Beginn: »Die unzählbare Schar von vierfüßigen Thieren, Vögeln, Fischen und Insekten, die ungeheure Menge von Pflanzen, Mineralien u. s. w. eröffnet der Neubegierde des menschlichen Verstandes einen unübersehbaren Schauplatz, dessen Erkenntniß im Kleinen in der That so unerschöpflich ist, als sie es zu sein scheinet.« All das konnte mehrere Leben mehrerer Männer füllen: Félix-Archimède brauchte sich in seinem Haus in Rouen (Rue Saint-Nicolas, Nummer 31) nie wieder zu langweilen, er hatte Lektüre für all seine Winter- und Sommertage (im Frühling und Herbst sammelte er Blumen, baute sein Herbarium auf, fing möglicherweise Insekten). Buffon, diese bücher- und theoriefressende Pflanze, war seine erste große Leidenschaft, von der er sich nicht mehr erholte. Viele Jahre später würde er seinen Sohn Georges taufen, nach dieser ersten Liebe, und jener sollte, denn der Apfel fällt nicht weit vom Stamm, Naturforscher und Anatom werden, und sogar einer der weltweit angesehensten Pottwalexperten – was konnte man sich für seinen Sohn mehr erhoffen?

Nach dieser ersten Lektüre war es schwer, der namenkundlichen Anziehungskraft zu entgehen: Félix-Archimède würde Wissenschaftler werden. Acht Jahre später verlor er seine Mutter, was ihn im Alter von fünfzehn Jahren zur Vollwaise machte. Mangels Einkommen brachte man ihn bei einem Notariatsgehilfen unter. Da er jedoch mehr Zeit mit Zoologie- und Naturkundebüchern verbrachte als mit dem Kopieren von Schenkungsurkunden und Hypothekenbriefen, warf man ihn aus der Kanzlei, und einer seiner Onkel nahm sich seiner Ausbildung an. Leider gab es damals noch kein Biologiestudium, deshalb besuchte Félix Medizinkurse beim Meisterchirurgen Achille Cléophas Flaubert, Vater von Gustave, der später seinerseits Schüler von Félix-Archimède und Freund von Georges wurde. (Durch dessen Vermittlung würde dem Schriftsteller der Papagei in die Hände fallen, der für Lulu aus *Ein schlichtes Herz* Modell stehen sollte. Félix schenkte Félicité und der Literatur somit einen der anrührendsten Vögel.)

Im Alter von siebenundzwanzig Jahren verließ Félix-Archimède Rouen, um nach Paris ans Naturkundemuseum zu gehen, wo man ihm eine Stelle als Präparator angeboten hatte. Vermutlich hielt er seinen Einzug in Paris nur wenige Wochen nach Zarafa, der ersten Giraffe Frankreichs, ein Geschenk des ägyptischen Paschas Muhammad Ali an Charles X. Der große Naturforscher Isidore Geoffroy Saint-Hilaire hatte mit dem Tier den ganzen Weg von Kairo zu Fuß zurückgelegt, in einer bemerkenswerten Prozession, begleitet von drei Kühen, die Zarafa ernährten – die Zeitungen berichteten, dass Isidore sich so sehr um sie sorgte, dass er ihr sogar einen Regenmantel nähte, um sie vor den Unbilden des Wetters zu schützen.

Félix hätte Chirurg werden können, zog menschlichen Krankheiten jedoch die Naturbeobachtung vor. Folglich verfasste er eine Doktorarbeit in Botanik *Über die Natur- und Medizingeschichte der Familie der Nachtschattengewächse* (die, wenn ich es richtig verstanden habe, 97 Gattungen und 2700 Arten umfasst, also eindeutig ein Haufen Arbeit).

Beim Lesen dieses Lebensberichts bewunderte ich die Folgerichtigkeit der biografischen Laufbahn – ich vermutete, dass er durch die nachträgliche Schilderung verfälscht worden war, aber was machte das schon? Da war ein junger Mann, der seinen Weg ging, der wusste, was er wollte. Es fiel mir schwer, mich nicht mit ihm zu vergleichen: Ich wusste nicht, was ich wollte, wollte es dafür aber umso energischer.

Félix hingegen verteidigte seine Doktorarbeit und kehrte nach Rouen zurück, wo er die Pflanzen zugunsten der Tiere aufgab. Man ernannte ihn zum Professor für vorsintflutliche Zoologie, dann bot ihm der Bürgermeister von Rouen an, die Leitung des Botanischen Gartens zu übernehmen, den er in ein regelrechtes Naturkundemuseum verwandelte. In seiner Heimatstadt engagierte Félix sich mehr denn je; er war ein anerkannter Professor, ein seinem Museum und seiner Region verpflichteter Wissenschaftler. In den darauffolgenden Jahren verfasste er einige prägnante Schreiben zu Händen der Obrigkeit: eine *Abhandlung zum Verhalten der Maikäfer und ihrer Larven und den Mitteln, ihre Verwüstungen zu begrenzen*, eine *Landwirtschaftliche Naturgeschichte des Schafs* mit dem Untertitel:

Über die Vervollkommnung der Wolle. Zuvor hatte er einen *Brief über die Aalschwärme der Seine und über das Gewerbe in Comacchio* veröffentlicht; darin empfahl er dem Präfekten, die Fülle an Aalen zu nutzen, die jedes Jahr nach dem Schlüpfen in dichten Scharen (er hatte sie mit eigenen Augen gesehen) des Nachts den Lauf der Seine hinaufzogen, manchmal über Rouen hinaus, bis sie auf geheimnisvolle Weise verschwanden, sich in Luft auflösten (sie würden im Bermudadreieck wiedergeboren werden), obwohl man sie doch fangen, aufziehen, angeln und »unsere Märkte mit einer beträchtlichen Ausbeute nahrhaften Fleisches versorgen« konnte. Er dachte auch über Menschen nach, die in den Fluss fielen, und veröffentlichte deshalb seine *Betrachtungen über die Wiederbelebung von Ertrunkenen*. Er war mit allen Wassern der Wissenschaft gewaschen, beteiligte sich an der Gründung der örtlichen Gesellschaften für Biologie, Medizin, Anthropologie. Aus Félix war nahezu Archimède geworden. Sehr bald schon würde er auf den Titelblättern seiner Bücher Folgendes vermerken können: »Ritter des Kaiserlichen Ordens der Ehrenlegion, Offizier des Kaiserlichen Sonnen- und Löwenordens, Mitglied der Akademie der Wissenschaften und schönen Wissenschaften von Rouen sowie der Akademien von Straßburg, Toulouse, Caen, Cherbourg, Lisieux, Venedig, Philadelphia, Turin, Brügge, Mitglied der Linné-Gesellschaft und der Gesellschaft der Altertumsforscher der Normandie, Berater des Ministeriums für öffentliche Bildung zu wissenschaftlichen Arbeiten« usw. usf.

Würde es mir eines Tages gestattet sein, derart ehrenvollen Akademiemitgliedern die Hand zu schütteln? Als Berater des Ministeriums für Abstürze toter Vögel würde ich den Tiger- und Jupiter-Verdienstorden erhalten und wäre in allen regionalen Ornithologenvereinigungen der Präfekturen und Unterpräfekturen Frankreichs Mitglied auf Lebenszeit. Ich schlug im Bibliothekskatalog nach und bestellte alle übrigen verfügbaren Bücher von Félix: seine *Untersuchungen und Experimente zu scheinwiederauferstehenden Tieren*, veröffentlicht 1859 (13 Jahre vor seinem Tod), die *Untersuchungen über die Anatomie und Physiologie der Mollusken*, 25 Seiten, die, wie ich hoffte, einen umfassenden Überblick über die Fragestellung vermittelten, seine *Experimente zum Einfrieren von Tieren* … Ich weidete mich an den Titeln der von ihm verfassten Bücher wie an einem langen, hermetischen Gedicht (ist die Welt nicht dazu gemacht, in eine schöne Bibliografie zu münden?): Vor seiner *Reise nach Italien* war ein Büchlein über den *Wandel der Mehlschwalbennester* verzeichnet, die *Betrachtungen zur Organisation der Zoospermien des Wassermolchs* fanden sich neben den *Abhandlungen über die Organisation des Eidotters bei Vögeln* sowie einem Werk über *Die Anatomie der Nerita sanguidens* und den *Nachforschungen zur Widerstandskraft des Unsichtbaren.*

Félix-Archimède experimentierte, schrieb und reiste; zahlreiche Publikationen erinnern an seine Abstecher nach Deutschland, Italien oder Ägypten, von wo er Pflanzen und Tiere für das Naturkundemuseum mitbrachte, dazu Steine und Bücher. Seine Frau, Anne Christie, eine Engländerin, begleitete ihn und bezauberte die Wissenschaftler und Naturforscher, denen sie unterwegs begegneten. Ihr Liebreiz muss gehörige Wirkung entfaltet haben, denn der große englische Ornithologe John Gould ehrte sie, indem er einen in Australien entdeckten Kolibri nach ihr benannte. Ein winziges Vöglein trägt deshalb den Namen *Heliothrix poucheti* und erscheint bestimmt in den Systematiken und Lexika über die Vogelwelt Ozeaniens. Die Konsequenz daraus war schöner, als ich mir je hätte träumen lassen können: Ich trage einen Kolibrinamen. Besser noch: Einigen Kolibris wurde mein Name verpasst. Wer sind sie? Wie sehen sie aus? Wie genau leben diese *Heliothrix poucheti*? Ich las alles, und ich konnte mich der Vorstellung nicht erwehren, dass in allem, was mir widerfuhr, eine versteckte Logik waltete: Wo ich auch hinging, wurde ich von Vögeln geradezu erschlagen.

Da man wohl oder übel in diesen Dschungel von Bibliografie vordringen und dafür nach der erstbesten Liane greifen musste, wählte ich ein populärwissenschaftliches Buch aus, das mich aufgrund seines an Pascal erinnernden Titels ansprach. *Das Universum, das unendlich Große und das unendlich Kleine* war erstmals 1868 erschienen, dann dreimal neu aufgelegt und ins Englische und Italienische übersetzt worden, ein echter Bestseller, mit raffinierten Illustrationen. Und, wie hätte es auch anders sein können, Félix widmete darin mehrere Seiten dem Thema Tierregen. Regen aus Heringen, aus Fröschen in Ham im Jahr 1834, und schließlich, auf Seite 166, schrieb er in Hinblick auf den Zug der Schwalben: »Mehrmals habe ich gesehen, wie einige von ihnen, durch Erschöpfung und Hunger ausgezehrt, geschwächt und fast ohne jede Lebenskraft, auf das Deck der Fregatte schlugen, auf der ich das Mittelmeer überquerte.«

Mehr berichtete er nicht davon. Aber egal: Auch er hatte Vögel fallen sehen, auch ihn hatte das beunruhigt. Ich führte seine Forschungen also schlicht fort. Als ahnungsloser Erbe der gleichen Obsessionen trat ich in seine Fußstapfen.

In der Stille der Bibliothek wurde meine Aufregung umso größer, je mehr Bände ich sichtete und Stein um Stein die mich umgebende Büchermauer einriss. Ich machte ausladende Bewegungen und stieß ab und an sogar kurze Schreie des Erstaunens aus. Meine Nachbarin, die angehende Hautärztin, wechselte, nachdem sie mir hasserfüllte Blicke zugeworfen hatte, schließlich an einen anderen Tisch. Ich wusste, dass die von mir hergestellten Bezüge, gewagt und erzwungen, einem ernst zu nehmenden Versuchsaufbau nicht standgehalten hätten, aber mir kam es trotzdem so vor, als folgte ich einer Spur, als würde ich mich irgendetwas annähern. Vielleicht handelte es sich dabei nicht um die Erklärung für die Vogelfälle, sondern für ein älteres und dunkleres Rätsel.

Ich las weiter biografische Artikel über Félix-Archimède, blieb mit merkwürdiger Begeisterung an Kapiteln von teils umständlicher Sprache hängen, deren genauer Sinn mir entging, und kritzelte mein Tote-Vögel-Heft in dem Empfinden voll, in Félix-Archimède das Vorbild einer aufgeklärten Berufung gefunden zu haben. Außerdem endeten alle Artikel mit der Erörterung der berühmten Episode, die schon Emmanuel Étienne während unserer enttäuschenden Unterredung im Naturkundemuseum angesprochen hatte. Ich kam also nicht umhin, mich mit dem zu beschäftigen, was zugleich den Ruhm und das Verderben des Wissenschaftlerlebens meines Vorfahren ausgemacht hatte: die Sache mit der Spontanzeugung.

Diese Kontroverse war sein letztes Gefecht gewesen. Zuvor hatte er damit brilliert, den Beweis für den spontanen Eisprung bei Frauen und Säugetieren zu erbringen – bis dahin hatte man geglaubt, dass erst die Befruchtung den Eisprung auslöst. Pouchet widerlegte das alles anhand von Experimenten mit Dutzenden weiblicher Kaninchen, Sauen und Beobachtungen unter dem Mikroskop, deren Präzision für seine Zeit beeindruckend war. Danach wechselte er den Kampfplatz und wandte sich der Frage der Spontanzeugung zu, auch Heterogenese oder Urzeugung genannt. Zu Beginn des Buches, das er der Verteidigung jener Theorie widmete (696 Seiten, die sich im bolschewistischen, spätnachmittäglichen Licht meinen verblüfften Augen offenbarten), Titel: *Heterogenese oder Abhandlung über die Spontanzeugung*, erläuterte er seinen Standpunkt wie folgt: »Die Spontanzeugung ist die Hervorbringung eines neuen, organisierten Wesens, und das ohne

Erzeuger, sodass die wesentlichen Bestandteile aus der umgebenden Materie bezogen werden.« Pouchet, der damit die Nachfolge sehr alter Theorien antrat, hatte neue Versuche angestellt und eindrucksvolle Beobachtungen gemacht: »Man sieht, wie sich vielfältige Kleinstlebewesen und Kryptogame in Kolben bilden, in denen jeglicher organischer Keim zuvor zerstört worden ist und in die Luft erst nach ausführlicher Reinigung in konzentrierter Schwefelsäure oder nach Durchströmen eines Labyrinths aus Porzellanscherben und glühend rot erhitzten Magneten gelangt.« Das heißt: Wenn man für eine Weile verwesliche Materie, Luft und Wasser zusammenbrachte, vollständig befreit von allen Keimen, die dort hätten existieren können (so glaubte er), dann zeigten sich Kleinstlebewesen, winzige Kreaturen, Leben. Félix-Archimède zufolge existierte also eine lebendige Ursprungsmaterie, aus der sich, Wunder der Natur, eine elternlose Zeugung vollzog. Während ich all das in mein Heft notierte, überkam mich das unerklärliche Bedürfnis, hinter jeden Satz ein Ausrufezeichen zu setzen. Es gibt einen Lebenshauch, so schrieb er, eine schöpferische Kraft, die abseits des Fortpflanzungsprinzips wirkt. Félix-Archimède nannte sie manchmal die »noch unerklärte Kraft«, an anderer Stelle »Lebensprinzip« oder auch »plastische Manifestation«!

Was er da behauptete, war mindestens gewagt. Sicher, es hatte bis ins siebzehnte Jahrhundert hinein Spinner gegeben, die einem erzählten, dass in einem lichtgeschützten Bottich bei Vermischung von Weizenkörnern, Wasser und einem verschwitzten Hemd nach etwa zwanzig Tagen Inkubationszeit eine Maus entstand. Andere behaupteten, dass aus Aas ganz von selbst Maden wimmelten. Doch auch seriöse Leute beschäftigten sich seit zweitausend Jahren mit dieser Frage. Félix-Archimède zitierte seine Vorgänger, erinnerte daran, dass er, der ihre Analysen abwandelte, nicht der Erste sei, der sich von solchen Belegen überzeugen ließ: Plinius, Plutarch, Diodor von Sizilien, Vergil hatten das alles schon vor ihm berichtet. Ihren Schriften zufolge war es möglich, Insekten unmittelbar dem nackten Höhlenstaub entspringen zu sehen, der Erdboden Ägyptens gebar spontan Ratten, Bienen stiegen aus dem verfaulenden Fleisch toter Stiere auf... Auch andere Wissenschaftler, ihm zeitlich sehr viel näher, glaubten an die Spontanzeugung: Buffon, Lamarck, Geoffroy Saint-Hilaire und viele weitere verteidigten die These. Selbstverständlich glaubte Pouchet nicht mehr an die spontane Schöpfung vollkommener Tiere, die durch das zufällige Zusammentreffen ihrer Grundstoffe inmitten der Materie unmittelbar hervorgingen. Er glaubte nicht mehr daran, dass Schlangen aus der Erde geboren werden und Schnecken aus dem Schlamm. Doch auf der Kleinstebene, so zeigte er deutlich auf, wurden Mikrozoen, winzige, elternlose Tiere, Waisen wie er selbst, spontan geboren.

Ich verlor mich ein wenig in den Seiten, die den ganzen Konflikt beschrieben. Ich begriff, dass Félix-Archimède wenig Anklang gefunden hatte, als er seine Ansichten veröffentlichte. Man schrieb das Jahr 1858, er war also achtundfünfzig Jahre alt (wie einfach die Dinge manchmal sind), und die Auseinandersetzung hatte begonnen, als er der Akademie der Wissenschaften eine Abhandlung zuschickte, die den Standpunkt vertrat, dass diese Fortpflanzungsweise tatsächlich existierte. Ein junger Chemiker, der über Gärung forschte und über andere Themen, die nichts zur Sache taten, war über Pouchets Theorie entsetzt. Es handelte sich um einen gewissen Louis Pasteur, ein Forscher von sechsunddreißig Jahren und bereits sehr selbstsicher, der sich anschickte, eine hübsche Karriere hinzulegen. Er erklärte den Trojanischen Krieg um die Spontanzeugung für eröffnet, und dieser sollte, wie es sich für einen derartigen Krieg gehörte, beinahe zehn Jahre dauern.

Nach jener ersten Einsendung Pouchets tobte der Disput, und im Jahr 1862 beschloss die Akademie (die damals in den Wissenschaften volle Machtfülle besaß), die Auseinandersetzung zu einem offiziellen Wettstreit zu erklären, um sie ein für alle Mal beizulegen. In Pouchets Glaskolben, die er erhitzte und deren Luft er filterte, entstand Leben. Pasteur vertrat die These, dass die von Pouchet nachgewiesenen Keime ganz einfach der Luft entsprangen. Pasteur selbst brachte äußerst fauliges Wasser in Kolben zum Kochen und versiegelte sie anschließend. Kein einziges Kleinstlebewesen zeigte sich, und die Kommission der Akademie erklärte Pasteur daher zum Sieger und überreichte ihm außerdem einen Scheck über 2500 Francs.

Félix-Archimède war außer sich und gestand sich

die Niederlage nicht ein. Ihm zufolge hatte Pasteur die Glaskolben zu stark erhitzt und alle Keime abgetötet, die sich dort hätten bilden können. Ein langer Kampf hatte begonnen, eine wissenschaftliche Verfolgungsjagd, in der jeder seine Verfechter und Verächter hatte, sein Heer aus Experimentatoren und seine Richter. Die Zeitungen verfolgten alles aufmerksam; Pasteur wurde im *Moniteur scientifique* und im *Journal des débats* glühend verteidigt, Pouchet widersprach im *Cosmos* und im *L'Ami des sciences*. Man warf Pouchet vor, ein durchgeknallter Materialist zu sein, die Schöpfungsgeschichte zu leugnen. Félix erwiderte, Gott könne die gesamte Erde gut und gern in sechs Tagen erschaffen haben, doch es sei überhaupt nicht gesagt, dass er sich nicht regelmäßig wieder an die Arbeit mache, um Leben neu entstehen zu lassen (gerade auch in seinen Glaskolben). Tatsächlich gab es keinerlei Grund zu der Annahme, dass Gott die Hände in den Schoß gelegt hatte und nun an einem immerwährenden Sonntag ruhte. Kaiserreich und Kirche blickten voll Argwohn auf all die Behauptungen der Heterogenisten, weshalb sich Pouchet zum Opfer konservativer Kräfte fantasieren konnte, die sich gegen den unerbittlichen Fortschritt der Wissenschaft verbündeten. Je länger ich diese Artikel las, desto überzeugter schlug ich mich nach und nach auf Pouchets Seite und stärkte ihm über den Abstand von Jahrhunderten den Rücken.

Die beiden setzten ihre Experimente unermüdlich fort und veröffentlichten Büchlein, die darüber Rechenschaft ablegten. Pasteur wollte beweisen, dass die Keime, die man aus dem verweslichen, mit Wasser und Luft verbundenen Brei entfernt zu haben glaubte, in Form von Staub noch immer darin vorhanden waren, bloß so winzig, dass man sie nicht einmal durchs Mikroskop erkennen konnte. In Pouchets Augen eine Idee voller Ungereimtheiten: Pasteur verkauft uns das Nichts, wer hätte je die Keime gesehen, von denen er spricht? Wie kann man Tausenden von Jahren an Weisheit seit Aristoteles widersprechen? Pasteur brach deshalb zum Eismeer der Alpen auf, in 2000 Meter Höhe, um zu zeigen, dass die Luft in diesen Lagen reiner war und dass dort weniger kleinste Teilchen entstanden. Um ihn zu widerlegen, stieg Pouchet mit seinen Glasgefäßen und seinem verweslichen Brei auf einen Gletscher in den Pyrenäen, am Maladeta, 3000 Meter über dem Meeresspiegel. Und die Luft, die Dr. Kolbe auf dem Gipfel des Montblanc für ihn einsammelte, bestätigte seine Hypothesen ebenfalls. Pouchet war fast vierundsechzig Jahre alt, er war ausgebrannt, aber seine Experimente waren noch immer schlüssig: Materie besaß die Fähigkeit, sich von selbst zu beleben. Voller Selbstbewusstsein hatte er daraufhin von der Akademie gefordert, eine neue Gutachterkommission einzusetzen, um die Frage ein für alle Mal zu klären. Er war derart verbissen, dass die Akademie schließlich nachgegeben und als Termin den 15. Mai 1864 festgesetzt hatte, damit die beiden Parteien ihre Experimente vor aller Augen präsentierten.

Einige Wochen vor diesem 15. Mai 1864 hatte Pasteur einen Vortrag auf den Wissenschaftsabenden der Sorbonne gehalten. Vor großem Publikum war seine Darstellung schlagfertig und hitzig, sogar demütigend ausgefallen: »Ich werde Ihnen zeigen, meine verehrten Damen und Herren, durch welches Loch sich der Wurm eingeschlichen hat«, hob er an und verkündete dann: »Die Spontanzeugung ist ein Hirngespinst; wann immer jemand daran geglaubt hat, ist er einem Irrtum aufgesessen.« Er berichtete von seinen Experimenten und erzählte, wie durch Bewegung der Glaskolben Keime in die Gefäße eingedrungen seien, ganz einfach durch das Zuführen von Luft. In von ihm sorgfältig verschlossenen Schwanenhalsflaschen jedoch wuchs nichts heran, aus dem einfachen Grund, dass all die Keime, die Pouchets Beobachtungen zufolge spontan entstanden, nichts weiter als bereits vorhandene Kleinstlebewesen seien (bald würde man sie Mikroben taufen). Pouchets Ergebnisse seien fehlerhaft: Überall in der Luft gebe es unsichtbare Korpuskeln, die sich in verwesenden Stoffen zu gegebener Zeit hier und dort vermehren konnten. Ohne es zu ahnen (oder zu sehen), schwammen wir durch eine Keimwolke. Pasteurs Tonfall war schroff und selbstbewusst, die abschließende Spitze vernichtend: »Niemals wird sich die Lehre der Spontanzeugung von dem Todesstoß erholen, den ich ihr versetze.«

Nach diesem fatalen Vortrag hatte Pasteur seine Experimente vor der Kommission der Akademie wiederholt. Pouchet und seine Mitstreiter hingegen hatten um

Aufschub gebeten, ihr Versuchsaufbau sei noch nicht fertig, sie fühlten sich noch nicht bereit, na, wie auch immer. Im Juni 1864 konnten die ehrwürdigen Kommissionsmitglieder lange auf Pouchet warten, denn der hatte beschlossen, seine Experimente nicht erneut durchzuführen, in der Überzeugung, dass die Würfel gezinkt und alle in der Akademie Pasteur blind ergeben waren. Wozu sich dem Wolf der Schwanenhalsflaschen in den Rachen werfen? Nachdem die Akademie also ausschließlich Pasteurs Beweisführungen beigewohnt hatte, verkündete sie ihr abschließendes Urteil: Die Theorie der Spontanzeugung wurde definitiv für null und nichtig erklärt, nada, finito, bye-bye, Waisenkeime und spontane Kleinstlebewesen. Wie von Pasteur vorhergesehen, erholte sich die Theorie von diesem Schlag nicht mehr. Félix-Hector-Archimède lag am Boden, der biologisch-trojanische Krieg war zu Ende.

Danach wurden die Dinge für Pouchet nie wieder wie zuvor. Ein paar Getreue standen ihm weiterhin bei, aber seine früheren Freunde aus der Akademie hatten ihn fallen gelassen. Und schließlich verschärften weitere Demütigungen die Situation. Im Jahr 1869 wurde sein Sohn Georges, der in Paris am Naturkundemuseum lehrte, vorläufig seiner Ämter enthoben, da der Minister für öffentliche Bildung ihn beschuldigte, in seinen Biologiekursen die Möglichkeit der Spontanzeugung propagiert zu haben.

Pouchet selbst hatte niemals aufgehört, an die Idee zu glauben. Während Pasteur gerade die Welt der

Mikroben entdeckte und zugleich die Mikrobiologie erfand, brachte Félix seine verbleibenden acht Lebensjahre damit zu, gegen die vermeintliche Intrige anzugehen. Bis zu seinem Tod kämpfte er unablässig für die Theorie der Spontanzeugung.

Der Lesesaal der Bibliothek hatte sich mit der Abenddämmerung verdunkelt; ich hob den Blick von den Büchern und sah um mich, ins Leere. Ich erkannte weder Keime noch Kleinstwesen. Die rothaarige Hautärztin war geflohen, nur einige farblose Leser waren noch da. Ich war ein wenig müde. Beinahe fünf Stunden am Stück hatte ich diese Biologieerzählungen entschlüsselt und abgeschrieben, ohne wirklich zu verstehen, warum ich sie so schön fand. Besonders das Ende gefiel mir. Dieser hartnäckige Glaube an die Spontanzeugung, Wellen, Sturm und Pasteurianern zum Trotz, beeindruckte mich. Pasteur hatte sich anlässlich des Todes von Pouchet im Jahr 1872 die folgende herablassende Bemerkung erlaubt: »Dieser pflichtbewusste Gelehrte verdient unser aller Anerkennung für das Gute und Nützliche, das er geleistet hat, und sogar bis in seine Irrtümer hat er das Anrecht auf die allergrößte Hochachtung.« Ich dachte bei mir, dass mir seine Hochachtung gestohlen bleiben konnte und Hochachtung ganz allgemein. Was mir gefiel, war der Umstand, dass Pouchet es weit gebracht hatte, »sogar bis in seine Irrtümer«, sehr weit, bis ans Ende. Logisch war es nicht, aber an diesem Tag fühlte ich mich, sehr nachdrücklich, mit Félix-Archimède solidarisch, ich hatte eine große Zuneigung zu diesem Vorfahren gefasst, der vielleicht gar nicht mein eigener war. Die Geschichte hatte aus diesem großen Gelehrten eine Art schlechten Verlierer der Biologie gemacht, einen brillanten, schwärmerischen Versager. Hat sich der Fluch, so fragte ich mich, seither fortgesetzt? Haben sich die Keime vermehrt und für reihenweise Geburten nicht-spontaner Generationen von Verlierern gesorgt? Anastasie hatte mir immer gesagt, dass es uns heutzutage an Meistern im Scheitern mangele, an Ratgebern für gelungene Niederlagen. Hatte ich meinen Meister nun vielleicht gefunden? Es ist ein paar Jahre her, ich beschwerte mich am Telefon unablässig über alles und jeden, über die Welt, die über uns einstürzte, und über meine allzu schwächlichen Schultern, die diese Einstürze nicht zu stemmen vermochten, da schickte sie mir aus dem Dorf im Burgund, in das sie sich den Sommer über zurückgezogen hatte, eine Postkarte mit dem Schwarz-Weiß-Bild eines großen Baumes, unter dem einige Kühe weideten. Auf die Rückseite hatte sie nur diesen einen Satz von Michaux geschrieben, der mir, mehr als alle langen Ansprachen, neuen Mut gegeben hatte, zumindest für ein paar Wochen: »Wenn du ein zum Scheitern Berufener bist, so scheitere wenigstens nicht *irgendwie.*«

Félix jedenfalls war nicht *irgendwie* gescheitert. Ehe er gänzlich aus ihnen verschwand, war in den Lexika, Enzyklopädien und wissenschaftlichen Artikeln schon sehr bald nichts von ihm geblieben als dieses eine Ereignis, auf das man sein Leben reduziert hatte: Er war derjenige, der Pasteur gegenüber im Unrecht gewesen war. Félix-Archimède wurde lediglich als »talentierter Mikrograf« aus der Provinz angesehen, ewiger Direktor des Naturkundemuseums von Rouen, engstirnig und beschränkt. Vergessen waren die Mollusken, Aale, Maikäfer, die vorsintflutliche Zoologie und der spontane Eisprung der Säugetiere. Unerheblich die Gründung des schönsten Naturkundemuseums abseits großer Städte und vielleicht der ganzen Welt. So mancher stellte gar die Hypothese auf, dass Pécuchet aus *Bouvard und Pécuchet* von Flaubert durch Pouchet inspiriert sein könnte (es finden sich immerhin gewisse biografische Gemeinsamkeiten und nur zwei Buchstaben Unterschied). Mir kam es an jenem Tag so vor, als sei der Ruhm, der Pasteur in dieser Angelegenheit zuteilgeworden war, höchst ungerechtfertigt.

Ich hatte nichts gegen Pasteur, ich wusste vom Wohltäter der Menschheit, der die Winzer und Bierbrauer gerettet hatte, indem er ihnen die Gärung erklärte, von dem großen Mann, der die Seidenraupen von ihrem schlimmen Leid befreite, bevor er sich voll und ganz den ansteckenden Krankheiten widmete, an denen drei seiner Töchter gestorben waren. Bei ihm hatte ich mich übrigens auch impfen lassen, als mich und Anastasie eines Tages das Verlangen ergriff, wie alle Welt nach Indien zu reisen. Auf die Spritzen hatte ich heftig reagiert: Beide Arme schwollen mir an, als hätte ich die vorangegangenen Nächte mit Krafttraining zugebracht. Dann, sieben Tage vor Abflug, als wir begriffen, dass auch durch exotische Verheißungen nichts mehr zu retten war, hatten wir uns getrennt. Von Indien kenne ich also nichts als die weiß gekachelten Wartesäle des Institut Pasteur in der Rue de Vaugirard und den bitteren Geschmack der kleinen Dosen ferner Krankheiten in meinem Organismus.

Im nachfolgenden Pariser Sommer hatte ich mich extrem geschützt gefühlt. Sollten mich doch streunende Hunde angreifen, sich bis aufs Blut in mir verbeißen, ich würde der Tollwut widerstehen, ebenso wie dem Typhus in den nicht genügend erhitzten Speisen der Bahnhofskneipen an der Gare du Nord, ich könnte sogar das Wasser aus dem Rinnstein trinken, wenn es sein musste. Dank Louis Pasteur fürchtete ich nichts mehr: Ich hatte meinen Sommer allein und gut geimpft verbracht.

Pasteur besaß Institute auf der ganzen Welt. Er impfte, er rettete Leben. Und was blieb von Félix-Archimède? Eine Büste in einem Provinzmuseum für Naturkunde, ein Vermerk als *Loser* in einem alten Lexikon, seine verfälschte Spur in einer kleinkarierten Romanfigur …

In meinen Augen war er jedoch viel eher Hector als Pécuchet. Bis zum letzten Gefecht hatte er die Spontanzeugung verteidigt: gegen die pasteurianischen Achäer, gegen die wissenschaftliche Evidenz (davon verstand ich offen gesagt gar nichts) und gegen seine engsten Freunde, die ihm allesamt rieten, bei den Kleinstlebewesen klein beizugeben.

Und wie sollte man da das Offensichtliche übersehen? Pouchet, dieser verwaiste Gelehrte ohne Vater und Mutter, vertritt die Theorie der Spontanzeugung. Der Mann, der sich die Biologie mit nichts als den Büchern Buffons erschlossen hatte, hatte per Mikroskop bewiesen, dass man sich völlig allein erschuf. Eltern, Keime und Embryos sind unnötig. Statt die Spur und den Rückhalt meines Vaters zu suchen, könnte ich vielleicht auch einfach herausfinden, welchem lebensspendenden Verwesungsbrei ich entsprungen war, in welch urtümlicher Flüssigkeit mein Organismus sich entfaltet hatte. Durch spontane Geburt könnte ich Erbanlagen und Familienähnlichkeit entgehen. Indem ich niemandes Sohn mehr wäre, würde ich mich endlich von der Schuldhaftigkeit befreien. So war es schließlich auch den Allergrößten ergangen: Athene war fix und fertig Zeus' Schädel entsprungen, Lanzelot wurde von Viviane am tiefsten Grund ihres Sees aufgezogen … Man konnte spontan als Bakterium geboren werden oder auch als Held, Halbgott, Ritter vom See, bewaffnete Göttin, sich eines schönen Tages in einer Phiole mit Quecksilber herausbilden, vor der Außenluft geschützt, gegen Gene und Genome immun, von altem Blut verschont. Ich könnte, so begriff ich an diesem Tag, immer noch die Suche nach anderen Vätern, anderen Versorgern wagen.

Als Jugendlicher hatte ich mir gedacht, dass mein Vater mich sicher zu seinem Erben machen wollte, was vermutlich nur natürlich war. Was würde ich erhalten? Sein Feingefühl oder seine Melancholie? Seinen Hass auf die Welt oder seine empfindsame Zugewandtheit? Ich sah keine Möglichkeit, die innere Bibliothek vom zugehörigen Gefühlsarchiv zu unterscheiden, Wissen und Kränkungen voneinander zu trennen. Obwohl mir bewusst war, dass die Fragen schlecht gestellt waren, kam ich nicht von ihnen los.

Um mich her erloschen eine nach der anderen die Lampen der Bibliothek, ein Dominospiel aus Licht, das die baldige Schließung ankündigte. Ich fragte mich, was meine Vögel hier zu suchen hatten. Warum waren sie ausgerechnet so nah beim Gespenst von Félix-Archimède abgestürzt? Fehlte vielleicht der zweite Teil der Theorie? Was, wenn zur Spontanzeugung auch der entgegengesetzte Mechanismus gehörte: das Spontanableben, der aus dem Nichts herbeigeführte Tod, plötzlich, unerwartet, unverständlich?

Ich wollte gerade die vielen aufgeschlagenen Bücher auf dem Tisch zuklappen, als ich am Ende eines Artikels mit dem nüchternen Titel *Ein großer Bürger Rouens* die folgenden abschließenden Informationen las: Félix-Archimède hatte zwei Söhne (Georges und James), die ihrerseits, soweit man wusste, kinderlos geblieben waren. Der kurze Text schloss: »Bei seinem Tod hinterließ der große Gelehrte eine unvollendete, bedeutende Summa über Vögel, die unveröffentlicht bleiben wird.«

Bevor ich die Bibliothek verließ und wieder frische Luft atmete, und während ich mich davon zu überzeugen versuchte, dass diese unmögliche Gleichung mit diversen Unbekannten nicht gerade noch ein wenig undurchsichtiger wurde, zeichnete ich dieses Schema in mein Heft:

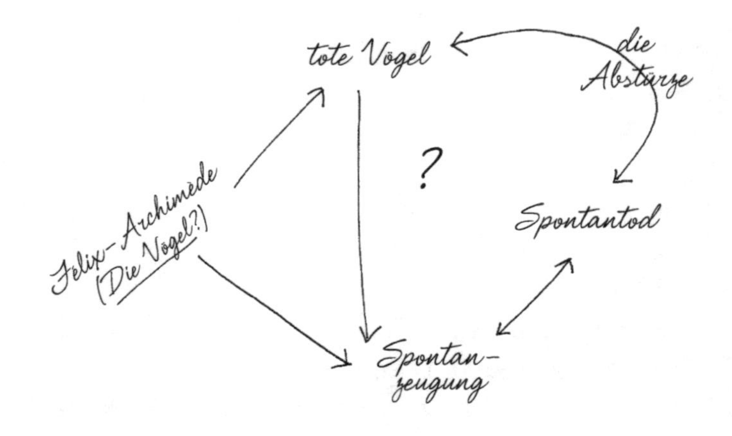
tote Vögel
die Abstürze
?
Felix-Archimède (Die Vögel?)
Spontantod
Spontanzeugung

Ich verließ die Bibliothek in einem seltsamen Zustand, irgendwo zwischen Erregung und mir doch egal, und wurde schockgefroren von einem Wind, der unmittelbar die Haut angriff. Ich wollte schlafen gehen, aber die *Seine Princess* und ihre Kabine 313 wogten gerade gen Honfleur. Clarisse saß vermutlich am Steuer, und mich verlangte danach, den Kopf auf ihren Bauch zu betten statt an irgendeinen anderen Ort in der Haute-Normandie.

Ich musste also einen Platz finden, wo ich die Nacht verbringen konnte. Mir war nicht wirklich danach, bei einem alten Schulfreund zu klingeln, und noch weniger wollte ich im Hotel übernachten. Aus Mangel an Alternativen wählte ich das für mich Nächstliegende: Ich würde eine Bleibe in Bonsecours suchen.

Ich klingelte mehrere Male bei der Nachbarin. Die Fensterläden waren geschlossen, und ich hoffte, den weiten Weg nicht umsonst gemacht zu haben. Warum hatte ich gestern nicht die Schlüssel angenommen, als sie es mir angeboten hatte? Ich drückte wie wild den Klingelknopf. Ich muss sie geweckt haben, denn sie öffnete mir im Morgenmantel und wirkte verärgert (um welche Zeit gehen alte Leute denn bitte heutzutage ins

Bett?). Sie überreichte mir kommentarlos die Hausschlüssel, dann schloss sie sich ein und drehte ihren Schlüssel dabei zweimal um.

Als ich das Einfamilienhaus betrat, hatte ich das seltsame Gefühl, etwas zu entweihen. Ich konnte nicht genau sagen, ob es dabei um das Territorium meines Vaters ging oder bloß um eine etwas abstrakte Idee von Heiligkeit. Mein erster Impuls bestand darin, im ersten Stock nachzusehen, ob mein altes Kinderzimmer noch existierte, wobei ich gleichermaßen fürchtete, dass man meine Kindheit ausgelöscht haben könnte und dass noch Spuren davon übrig waren. An der gelben Tür hing immer noch das kleine Kupferschild mit dem Schriftzug »Doktor Pouchet«. Ich hatte dieses Schild vergessen, das ich mit zehn Jahren beim Tod meines Großvaters ergattert hatte, und auch die genauen Gründe, aus denen es hier angebracht worden war. Zum ersten Mal fiel mir auf, wie sonderbar es wirkte: Wem aus dieser Familie hatte der Bengel, der ich war, als Arzt gedient? Wie viele Behandlungsfehler, falsche Diagnosen und riskante Operationen gingen auf mein Konto? Und gegen welches Honorar?

Mein kleines Bett war noch immer an Ort und Stelle, die Matratze nicht bezogen. Ich erinnerte mich an den Tim-und-Struppi-Bettbezug, den ich früher gehabt und der mich jahrelang gewärmt hatte. Der furchtlose Reporter rannte darauf rasend schnell über einen Zug, der jede Sekunde in einen Tunnel einfahren würde. In einer Sprechblase rief er ein »Komm,

Struppi!«, das ich mir gebetsmühlenartig wiederholte, während ich auf den Schlaf wartete.

Das Poster der sturmumtosten *Geodis* des Seglers Christophe Auguin über dem Bett war ziemlich vergilbt: Die weißen Segel schienen friedlich zu vergammeln. Darunter stand in roten Großbuchstaben: SIEGER DER VENDÉE GLOBE CHALLENGE 1997. In jenem Jahr war die Weltumseglung für Einhandsegler schrecklich und mitreißend gewesen. Ich war nicht ganz zwölf Jahre alt, und mein Vater und ich verfolgten damals Tag für Tag die Dramen und Heldentaten des Rennens. Mein Vater schnitt die Zeitungsartikel aus und hob sie mir auf, und vor dem Abendessen sahen wir uns die Zusammenfassungen im Fernsehen an. Am nächsten Tag konnte ich meinen Schulkameraden diese maritimen Abenteuer nacherzählen, als hätte ich sie ein wenig auch selbst erlebt. In jenem Jahr erlitt Raphaël Dinelli vor Südaustralien Schiffbruch und verbrachte über dreißig Stunden an den Kiel seines Bootes geklammert im drei Grad kalten Wasser, bis der Engländer Pete Goss seinen Kurs änderte und ihn durch ein unverhofftes Manöver retten konnte. Später kenterten auch Thierry Dubois und Tony Bullimore, ebenfalls im Südpolarmeer, nur wenige Seemeilen voneinander entfernt, und Bullimore verbrachte Dutzende Stunden eingeschlossen im Innern seines Cockpits in einer Luftblase und wartete auf die Seenotrettung. Ich habe immer noch die Bilder von Thierry Dubois in seinem knallroten Überlebensanzug vor Augen, wie er auf das Rettungsfloß zuschwimmt, das aus dem Flugzeug der australischen Rettungskräfte für ihn abgeworfen worden war, lächerlich klein und zerbrechlich im aufgepeitschten Ozean.

Diese Abenteuer fesselten mich derart, dass mein Vater mich eines Nachmittags zur Rennleitstelle des Vendée Globe in der Avenue de la Grande Armée in Paris mitgenommen hatte. Das war in den Weihnachtsferien gewesen, und wir waren extra mit dem Auto aus Bonsecours angereist. Die täglichen Funkgespräche mit den Einhandseglern fanden von dieser Leitstelle aus statt: Funktionäre, ein Wetterexperte und ein Journalist versammelten sich um einen Tisch, verkündeten Veränderungen in der Rangliste, Neuigkeiten über das Leben der Skipper auf See und versuchten, über Satellitentelefon deren weit entfernte, abgehackte Stimmen einzufangen. Das spärliche Publikum, zu dem auch wir gehörten, saß ringsum auf Stühlen und hörte zu, wie sich diese Seemänner aus der Hölle heraus mit der Erde unterhielten. Der Wind und das ohrenbetäubende Krachen ihrer Schiffe gegen die Wellen machten ihre Worte oft unverständlich, und dieses Getöse war noch eindrucksvoller als ihre Berichte über die Stürme der *Roaring Forties*. Die Funkgespräche dauerten ein bis zwei Stunden. Im Anschluss waren wir nicht sofort nach Bonsecours zurückgefahren, sondern bis zu den Champs-Élysées gelaufen, und rückblickend kommt es mir so vor, als hätte dieses Schlendern durch Paris sehr lange gedauert. Noch ganz bewegt davon, die klammen, vernebelten Stimmen meiner Helden gehört zu haben, ging ich an der Hand meines Vaters, der mir die vielen unbekannten nautischen Fachbegriffe erklärte. Er erzählte mir von Argos-Sendern, Ballastwasser, Kippkielen, Strömungen und Stürmen in den südlichen Meeren. Ich sagte mir, dass auch er diese Ozeane befahren haben musste, um all das zu wissen. In seiner abschweifenden Drift ließ ich mich sanft forttragen, froh und selig, all dieses Wissen aufsaugen zu dürfen und an seiner Seite zu gehen. Es schien mir, als könnte ich mich an seiner Hand vollkommen entspannen, mich ihm ganz anvertrauen wie einem großen und beruhigenden Wörterbuch, das all meine kindlichen Fragen beantworten würde.

Abgesehen vom Bett und dem Poster, war das Zimmer mit Zeitschriftenstapeln und Kisten zugestellt. In einer dieser Kisten musste die Piratenflagge liegen, die mein Vater mir zum zehnten Geburtstag geschenkt hatte, meine Playmobil-Sammlung aus der Gründerzeit-Serie und weitere Relikte, zu deren Ausgrabung mir die Kraft fehlte. Mein Kinderzimmer war zu einer unübersichtlichen Rumpelkammer geworden, und das gefiel mir.

Anschließend ging ich – komm, Struppi – in das Arbeitszimmer meines Vaters, das mich stets so eingeschüchtert hatte. Die Bibliothek war immer noch da, mit bedrohlich vielen Büchern. So wie Kastenteufel bisweilen aus ihrem Kasten springen, konnte einem dieser Bücher jeden Moment eine schrille Stimme entfahren, die mich anschreien würde, dass ich da überhaupt nichts zu suchen hätte. Ich erinnerte mich an

Nachmittage meiner Kindheit, an denen ich mit der Absicht herkam, meinen Vater von seiner Arbeit abzulenken und mich selbst von meiner Langeweile. Aus Spaß tat er dann so, als bemerkte er mich gar nicht, ging weiter seinen Beschäftigungen nach und sagte schließlich lächelnd zu mir: »Ich hoffe im Ernst auf deinen Ernst, dass er meinen Ernst nicht zu ernst nimmt.« Dann gab er mir einen Comic, und ich ging zum Spielen in mein Zimmer zurück und fühlte mich weder so richtig ausgelassen noch so richtig ernst.

Auf dem Schreibtisch lagen mehrere aufgeschlagene Hefte. Ich warf einen Blick hinein. Es waren Briefanfänge, Entwürfe für kritische Kommentare an Lokalzeitungen, Seiten voller Text ohne Überschriften. Ich erinnerte mich, wie mein Vater sich stets über sein Unvermögen beschwert hatte, etwas zu Ende zu bringen, ein angefangenes Projekt abzuschließen, und in dieser Hinsicht fühlte ich mich ganz als sein Sohn, ohne jeden Zweifel der Erbe seiner krankhaften Abbrecheritis. Auf dem Schreibtisch lagen außerdem mehrere Rechnungen der Werft, die seinen Schiffsmotor repariert hatte, eine Seekarte (Nr. 7421: »Von der Pointe de la Percée nach Ouistreham«) und ein von Post-its wimmelndes Buch von Léon Bloy. Dann, ob vom Zigarrengeruch, der mir die Kehle zuschnürte, oder einfach aus Mutlosigkeit angesichts dieser Hefte, in denen mir Dinge zu begegnen drohten, die vielleicht nicht gut genug versteckt worden waren, überkam mich eine furchtbare Übelkeit. Ich ging ins Badezimmer, ich versuchte, mich zu übergeben, aber meine Kehle blieb trocken.

Ich hüllte mich in eine große, kratzige Wolldecke und legte mich auf das Sofa im Wohnzimmer. Die Übelkeit ließ langsam nach. Um meinen Augen eine Beschäftigung zu geben und mich von den vielen unangenehmen Erinnerungen abzulenken, die erneut in mir aufstiegen und ringsum an den Wänden aufschienen, schaltete ich den Fernseher an. So schlief ich ein, während alle Lichter noch brannten und alle Sirenen heulten. (Häufig werden die Sirenen, zu Unrecht, für Fischfrauen gehalten. Dabei ist Homer in diesem Punkt sehr deutlich: Die Sirenen sind Vogelfrauen, und deshalb ist ihr Gesang auch so schön und so schrecklich für die Seeleute – denn hat man schon jemals Fische trällern hören?)

Ich bin durch die schwarze Nacht gesteuert und dabei Skylla und Charybdis ausgewichen. Nicht aber den Zeichentrickfilmen, die mich um Punkt 6.23 Uhr weckten (so stand es am unteren Bildschirmrand; um welche Zeit stehen Kinder denn bitte heutzutage auf?).

Mit stumpfem Blick schaute ich den Trickfilm, wie ich es auch an so vielen Vormittagen meiner Kindheit getan hatte. Ich war ein wenig besorgt, ich hatte nicht alles verstanden: Ein lila Waschbär, der eher einem exzessiv behaarten Affen auf Ecstasy glich, versuchte, die Pläne einer Gruppe Kinder zu durchkreuzen, die ebenfalls grellbunte Farben hatten (eines war neongrün, das andere königsblau) und für eine der Nebenpersonen (in koralligem Orange) eine große Geburtstagsparty ausrichten wollten. In einer Szene machte das Trüppchen sich daran, Luftballons aufzupusten (ich dachte wieder an die ballonförmigen Schwanenhalsflaschen des guten, alten Louis), die der lila Waschbär mithilfe einer raffinierten Nagelkonstruktion einen nach dem anderen zum Platzen brachte. Hysterische Schreie, abrupte Bewegungen. Weder gelang es mir, die ausgeprägte Schadenfreude nachzuvollziehen, die diesen Pseudowaschbären antrieb, noch begriff ich den Konflikt zwischen ihm und den Kindern und am allerwenigsten die debile Aufregung, mit der diese Blagen ihre Feier zu Ehren eines korallenfarbigen Jungen vorbereiteten.

Eine Stunde später stand ich endlich auf. Mich verlangte nach einer tröstlichen Dusche. Als ich dann in der Duschkabine stand, brauchte ich mindestens zehn Sekunden, um zu begreifen, dass das Wasser abgestellt worden war. Nichts floss. Ich blieb noch ein paar Sekunden reglos stehen, nackt im stillen Badezimmer. Dann beschloss ich, schnellstmöglich wieder abzuhauen. Draußen würde es wärmer sein.

Ganz automatisch machte ich den üblichen Streifzug meiner Kindheit und ging auf den Fluss zu – und auch auf den Friedhof, denn der eine dominierte den anderen, gleich einem Friedhof am Meer. Ich kaufte mir eine Rosinenschnecke, lief an der Basilika vorbei und setzte meinen Spaziergang bis zum Denkmal von Jeanne d'Arc fort, das ich bereits zwei Tage zuvor von der *Seine Princess* aus gesehen hatte. Es kam mir so vor, als läge das bereits hundert Jahre zurück, in einem anderen Leben. Ich war an Bord gegangen, wie man sich auf ein großes Abenteuer wagt, das sich in eine kleine Nichtigkeit verwandelt hatte und sich vielleicht wieder in ein großes Abenteuer zurückverwandeln würde, wer weiß. (Natürlich war auch das Gegenteil denkbar: Ich hatte eine kleine Nichtigkeit angetreten, in der Hoffnung, dass sie sich verwandeln würde usw.) Ich hoffte darauf, meine Flucht zu einer Expedition zu machen, und fand allmählich Gefallen an diesem Wechselspiel, das war der Unterschied. Fast immer habe ich diesen beharrlichen Eindruck, dass sich die Wirklichkeit mir widersetzt: Die Dinge, mein Wille, die Menschen, alles verbündet sich gegen mich, um mich zu behindern. In solchen Fällen rettet mich allein das Belanglose, der Fehltritt, die winzige Torheit. Ein

Tippfehler der Wirklichkeit genügt, dass ich mich wie gerächt fühle: Mein Blick kann sich erneut mit Liebe auf die Welt senken, nicht weil sie plötzlich liebenswert geworden wäre, sondern weil sie ihre eigene Absurdität bekräftigt hat.

Aus meiner Familie lag niemand auf diesem Friedhof. Ich schlenderte plan- und ziellos darüber und kam dennoch nahe am Grab des Dichters José-Maria de Heredia vorbei, einer der Großen, der heutzutage ein wenig in Vergessenheit geraten ist (Grabinschrift: *Meine schweifende Seele dort oben im Laub / Wird erschauern*), dann am Grab eines gewissen Michel El Bordy (*Seine Fußballkumpel werden ihn nie vergessen*) und an dem von Irène Robert, geborene Funestre.

Ich ging ganz bis zum Ende, von wo man Aussicht sowohl auf den Fluss als auch auf die Autobahn hatte, und Seite an Seite wirkten die beiden beängstigend, ich wusste nicht recht, warum. Dann lief ich den ganzen Weg wieder zurück und verließ den Friedhof auf der linken Seite in Richtung des Casinos von Bonsecours. Die großen Glasfenster, der gelbe Putz und das Schieferdach gaben ihm eher den Anschein einer dörflichen Mehrzweckhalle als eines Luxusbetriebs. Nachdem es eine Weile als Waisenhaus gedient hatte, war es in den Neunzigerjahren dem Laster anheimgegeben worden, dann niedergebrannt; die Stadt büßte für ihre Entscheidung, käuflich statt barmherzig zu sein.

Es hatte eine Zeit gegeben, da war mein Vater regelmäßig im Casino von Bonsecours gewesen und ebenso in anderen, weiter entfernt gelegenen Etablissements an der Küste, in Deauville, Cabourg, Villers-sur-Mer. Diese Ausflüge in die Spielhallen waren für ihn im Grunde kein Zeitvertreib mehr. Sie waren zum Zwang geworden. Wenn er hinging, konnte er für Stunden, Tage dort bleiben, einerseits gefesselt von seiner Habgier und andererseits wohl von dem Bedürfnis, einem Haufen anderer Dinge zu entkommen, in erster Linie seinem Zuhause. Dauerte die Flucht zu lange, machte meine Mutter sich verständlicherweise Sorgen um seine Finanzen, die auch die unseren waren, aber auch um die Folgen dessen, was sie als »Abstumpfung« gegenüber seiner Gesundheit und seiner Arbeit bezeichnete, die er vernachlässigte. Sie versuchte, ihn zurückzuholen, und klapperte auf der Suche nach ihm die Casinos ab. Mehrmals gelang es ihr nicht, ihn zur Rückkehr zu bewegen. Mein Vater schickte sie umstandslos wieder fort. Auf den Treppenstufen hockend, wartete ich auf meine Mutter und sah sie zurückkommen. Sie setzte sich in die Küche, rauchte Kette, trank Kaffee aus riesigen Tassen und weinte mehr als sonst. Einige Male beauftragte sie mich, meinen Vater zurückzubringen, da sie meinen Einfluss für größer hielt als ihren eigenen. Ich erinnere mich nicht mehr, wie oft das vorkam, und ich könnte auch nicht sagen, auf wen ich wegen dieser Abende am sauersten war, wenn ich dem Moment entgegenbangte, an dem ich, nachdem meine Mutter mit dem Wachmann am Eingang verhandelt hatte, das gleißend helle Casino betreten und dann nach meinem Vater spähen musste, während ich zugleich hoffte, ihn nicht zu entdecken. Unter Kronleuchtern aus Strass, zwischen anderen Spielern jedes Alters, aber von der immer gleichen Traurigkeit, sah ich ihn schließlich sitzen: so schön und imponierend wie ein ausgelaugter Glücksritter. In dem herrlichen, marineblauen Anzug, den er ausschließlich an solchen Abenden trug, verspielte er seine Nächte beim Roulette auf der Suche nach unwahrscheinlichen Schätzen. Tatsächlich hatte ich nicht die geringste Lust, dieser Schatzsuche ein Ende zu setzen und das günstige Schicksal zu zerstören, das jederzeit eintreten konnte. Ich fühlte mich auf dem dicken, roten Teppich merkwürdig wohl, ich liebte die melodisch-heisere Stimme des Croupiers, der die Einsätze ansagte, das trockene Rollen der Kugel. Ich hätte ihren Spielchen am liebsten die ganze Nacht zugesehen. Doch schließlich ging ich auf ihn zu und fürchtete am allermeisten, seinem verlegenen Blick zu begegnen, wenn er den Tisch verließ und zu mir kam. Später erfuhr ich, dass man Spieler, die im Casino regelmäßig verlieren, im Jargon *Kadaver* nennt.

Die Wochen, die auf diese Trips folgten, waren unangenehm. In Gedanken wälzte ich meine Schuld, wollte mich so weit entfernt wie möglich verstecken, und das Haus lebte in einer zerbrechlichen Stille, in der alles dafür getan wurde, die schweigsame Gereiztheit meines Vaters nicht erneut zu mehren und ihn in tobende Raserei zu versetzen, was früher oder später unweigerlich geschah. Auf vielerlei Weise ließ er uns spüren, dass wir Verräter waren, ein Wort, das er viele Jahre später deutlich aussprechen würde.

An diesem Novembermorgen hatte das Casino geschlossen. Ich dachte wieder an meine laufenden Ermittlungen: In einer antiassoziativen Ideenfolge erschien es mir nur logisch, dass ich mein Glück am ehesten im Umkreis der Kathedrale versuchen musste. Um zu verstehen, was diesen gemordeten Vögeln zugestoßen war (das schien mir jetzt immer klarer zu werden), musste ich überall nachforschen, selbst an geweihten Orten. Plötzlich war mir, als sei das, was Madeleine, die Irre aus der Kathedrale, mir auf die esoterische Tour verkündet hatte, eine Untersuchung wert, auch wenn Emmanuel Étienne, der Museumsornithologe, ihr widersprochen hatte. Vielleicht würde ich von Pater Winter etwas Neues erfahren. Ich müsste die moralische Lauterkeit der Sakristeimitglieder überprüfen, und womöglich könnte ich sogar dem Pfarrer persönlich eine Beichte abnehmen. Jene Personen, die Madeleines paranoiden Wahn bevölkerten, konnten nicht vollkommen unschuldig sein. Die Verrücktheit der Alten färbte, ohne dass ich etwas davon bemerkte, nach und nach auf mich ab. In Wahrheit war dieser Argwohn genau die Einstellung, mit der offenbar auch mein Vater die Welt wahrnahm. In seinen Briefen tauchten seit einigen Jahren immer wieder Gedanken über vertuschte Vergehen und geheime Machenschaften auf. Er warf mir vor, mich bei der Trennung meiner Eltern auf die Seite meiner Mutter geschlagen zu haben, dann auf die meines Onkels, dann dass ich mich mit meinem Bruder verschworen hätte, von dem er keinerlei Lebenszeichen mehr bekomme, dann dass ich ihn überhaupt nicht mehr in Bonsecours besuche. Bis zum Überdruss brachte er Jahre voller Klagen vor. Und jetzt, wo ich in Bonsecours war und der Himmel sich tatsächlich gegen Menschen und Vögel verschworen hatte, war er nicht mehr da.

Ich ging zur Kathedrale und dachte immer noch über die vorherigen Akte dieser familiären Tragikomödie nach. Ich stellte mir meinen Vater auf seinem Boot vor. Das letzte Mal, dass ich Zeit mit ihm verbracht hatte, war an Bord dieses Schiffes gewesen. Kurz bevor unsere Beziehung vollends auseinanderbrach, hatten wir diesen Törn organisiert, als eine Art letzte Chance auf See. Es war eine sehr mittelmäßige Idee gewesen, mehrere Tage zusammen auf dem begrenzten Raum eines neun Meter langen Segelbootes zu verbringen, um gemeinschaftlich um Schuldgefühle, Vorwürfe und gegenseitiges Unverständnis zu kreisen. Dennoch hatten wir mit meinem Bruder die *Phénix V* bestiegen. Anfangs lief es ziemlich gut, das Meer war ruhig, die Segelmanöver nahmen uns völlig in Beschlag. Dann, gerade als wir die Bucht von Le Havre verlassen hatten und die Dünung nicht länger durch die natürlichen Barrieren des Festlands abgeschwächt wurde, fing ich an, mich zu übergeben. Seit meiner Kindheit brach meine Seekrankheit immer dann aus, wenn wir den großen, grauen Leuchtturm am Kap von La Hague hinter uns ließen, um in die treffend benannte Passage de la Déroute, also die »Debakelpassage«, einzubiegen. Ich beugte mich über die Leeseite, krallte mich in den Relingsdraht, um nicht ins Wasser zu fallen, und kotzte alles aus, was ich nur kotzen konnte. Ich fing an, die Stunden zu zählen, die mich noch vom nächsten Hafen trennten, und sang leise vor mich hin, damit die Zeit schneller verging. Ich war diese Übelkeitsanfälle fast schon gewohnt, und seltsamerweise machten sie mir das Segeln nicht vollkommen unerträglich. Ich blieb an Deck liegen, an der frischen Luft, und gab meinem Vater zu verstehen, dass ich zum Sprechen eigentlich keine Kraft hatte. Sobald ich wieder ein wenig munterer wurde, fing er erneut mit seinen langen Schmähreden über die Pflichten jedes Einzelnen an. Danach traktierte er uns mit Politik, und das machte meine Seekrankheit keineswegs besser. Vielmehr erschöpfte mich das alles wahnsinnig. Mein Bruder hatte sich unverkennbar auf eine Fluchtstrategie verlegt: Tagsüber schlief er in der vorderen Kajüte, und an jedem Hafen setzte er sich ab, um in den Bars die ganze Nacht über zu trinken, wodurch er wiederum leichter rechtfertigen konnte, dass er die folgenden Tage ebenfalls verschlief. Ich wurde meinem Vater gegenüber boshaft, weil ich ihn nicht länger ertrug. Ich hatte regelmäßig das Gefühl zu ersticken. Diese Überfahrt überzeugte mich immer mehr von einer Annahme Kertész': Die

Geschichte vom verlorenen Sohn war vielleicht wirklich die Legende von einem, der nicht geliebt werden wollte.

Eines Abends, kurz vor Ende unserer Fahrt, ankerten wir in der Bucht von Saint Clement auf Jersey. Ich erwachte als Erster, sehr früh, kurz vor Tagesanbruch. Als ich die Kajüte verließ, stellte ich beim Blick auf die Insel fest, dass das Boot in der Nacht leicht zur Küste hin abgetrieben war. Durch das Anrollen der Flut hatte sich der Anker gelöst. Ich trat ganz auf Deck hinaus und wurde vom Anblick Hunderter winziger, bläulicher Quallen rund um das Boot in Bann gezogen. Sie umwogten es wie ein durchscheinender Film, ein fluoreszierendes Gefolge aus gefrorener See, das uns in einer gemeinsamen Abdrift begleitete. Diese kleinen Wesen mitsamt ihren Schwebefäden leuchteten im blassrosa Licht vor der Morgendämmerung, und man konnte nicht sagen, ob sie lebendig oder tot waren (macht nicht genau das sie im Übrigen aus?). Die Quallen hatten vielleicht erkannt, dass in unseren Adern das gleiche Blut floss, und ihr Instinkt verband sich mit der versteinerten Stille unseres Törns. Ich setzte mich in die Plicht und hatte nicht übel Lust, das umquallte Boot an den Klippen zerschellen zu lassen. Ich hätte auch ins Wasser springen, das Gefährt aufgeben können, wie es echte Kapitäne niemals tun, um ein für alle Mal zu entkommen, auf die Gefahr hin, vor Erreichen des Strandes unter brennenden Stichen zu sterben. Doch schließlich ging ich meinen Vater wecken, um den Motor wieder anzuwerfen und ein Stück weiter draußen erneut zu ankern. Die Fahrt endete am folgenden Tag in Granville. Ich war selten so erleichtert gewesen, wieder im Hafen zu sein.

Ich eilte den Hügel von Bonsecours hinab, auf das Zentrum von Rouen zu. Ich wollte diese alten Medusen aus meinem Geist tilgen. Ich stellte mir vor, in einer der Kapellen der Kathedrale zu sein. Ich dachte, dass ich mich dort am Gebet versuchen könnte, was ich meiner Erinnerung nach seit Jahren nicht mehr getan hatte. Kniend und mit geschlossenen Augen, denn so widerfahren einem diese Dinge bisweilen, hätte ich mich an den Herrn gewandt, und ich hätte für die Vögel gebetet. Ich hätte den Pelikanchristus angerufen, dem Opfer ein Ende zu machen. Dem der Stare und all der anderen. Damit sie nie wieder herabfallen würden. Ich hätte darum gebetet, dass der von den Spuren ihrer Stürze zebragestreifte Himmel widersteht. Ich hätte für die Zebras und den Widerstand gebetet. Dann hätte ich für und gegen meine Obsessionen gebetet. Für den allerletzten Sprung der Sirenen ins Leere, wenn ihr Gesang keine Wirkung mehr auf die Seeleute hat. Darum, in meinen Fehlern eingeschlossen zu werden. Ich hätte darum gebetet, mich vom Konjunktiv freizumachen. Für das Große Stottern und die Kleinen Details. Ich hätte für und gegen nukleare Katastrophen gebetet. Für die süße Apokalypse und für Spontanzeugungen. Für Madeleine, für Alfred und für Félix-Archimède. Für Bonsecours, seine Basilika, seinen Friedhof und sein Casino. Ich hätte für die *Phé-*

nix V gebetet, für das Einfamilienhaus meines Vaters und für mein Kinderzimmer …

Mit der Kapuze meines großen, marineblauen Parkas über dem Kopf, auf der langen Straße von Bonsecours hinunter nach Rouen vor mich hin murmelnd, hätte man mich für einen Mönch halten können, der sein Stundengebet rezitierte, bis – auf groteske Weise – die elektronische Keyboardmelodie meines Handys zu klingeln begann. Es war Jean-Pierre, und das war nicht die einzige Überraschung. Ganz außer Atem, als wäre er ohne Pause von der Küste hergerannt, um mir dringlichst die Existenz Gottes zu bestätigen, erklärte er: »Ich bin in Pennedepie, am Strand, Sie werden es nicht glauben, aber heute Morgen, genau hier, vor nicht mal einer Stunde, hat es Vögel geregnet. Tote Vögel. Auf einem Abschnitt von zweihundert Metern. Es sind möglicherweise Tausende.«

Die Landschaft, durch die der Zug fuhr, war mir vertraut, aber ich stellte mir während der Reise auch die Strecke vor, die ich auf dem Fluss hätte zurücklegen können, und alles, was ich auf der Fahrt in diesem Schnellzug versäumte. Ich wäre an Bardouville vorbeigekommen, wo der dritte Absturz stattgefunden hatte, auf der Höhe von Villequier hätte ich Léopoldine Hugo still meine Reverenz erweisen können. Wir hätten sicher auch an der Abtei von Jumièges haltgemacht. Die Bahnlinie umfuhr die Seine nördlich, vorbei an Yvetot und Bolbec, bevor sie in Le Havre ankam.

Ich betrat ein Abteil, in dem bereits ein kleiner Junge und seine Mutter saßen. Der Kleine befragte sie zu den unterschiedlichsten Themen, die ihm gerade in den Sinn kamen. Sie wirkte zerstreut und antwortete nur vage:

»In einem Haus fühlt es sich so an, als ob gar keine Luft drin ist. Mama, ist in Häusern Luft drin?«

»…«

»Mama?«

»Du kannst zu Hause doch atmen, oder etwa nicht?«

»Äh, ja.«

»Na also, da hast du's: weil Luft drin ist.«

Der Junge löcherte seine Mutter weiter, über Luft,

dann über den Zug, dann darüber, was sich im Innern von Glasscheiben befand, dann über Sauerstoff, und dann sagte sie genervt: »Wenn du weiter Fragen stellst, kriegst du gleich keine Luft mehr.«

Der Kleine verstummte. Ich hätte ihnen gern erzählt, dem Kind und seiner Mutter, dass die meisten Vögel – das hatte ich in einem der allzu zahlreichen Texte entdeckt, die ich im Laufe der vergangenen Tage gelesen hatte – einen zweiten Kehlkopf haben, den Stimmkopf, wo die vielen Stimmmuskeln sitzen, die ihnen das Singen ermöglichen, während der Kehlkopf zum Atmen da ist. Diesen zweiten Kehlkopf hätte der Kleine gebraucht, wir alle hätten ihn gebraucht, um weiter zu sprechen, zu schreien und uns die Seele aus dem Leib zu brüllen, ohne Luft holen zu müssen.

In Bolbec setzte sich eine junge Frau um die zwanzig zu uns ins Abteil, hübsch genug, um meine Aufmerksamkeit zu erregen. Nachdem ich sie mehrere Minuten lang beobachtet hatte, musste ich den Tatsachen ins Auge sehen und mir eingestehen, dass es in letzter Zeit zunehmend schwieriger geworden war, im Zug den Blick fremder Mädchen zu erhaschen. Ohne es selbst zu merken, wich sie meinen Blicken permanent aus, um ihre Nachrichten zu checken, Mails zu schreiben, ein riesiges Handy zu bedienen, das sie außerordentlich sanft behandelte, mit flinken Daumenbewegungen streichelte, eher beunruhigend als sinnlich. Ich begnügte mich also mit ihrem Profil, das sich der bläulichen Tristheit unendlicher Kommunikation entgegenneigte. Hätte sie den Kopf gehoben, hätten wir vielleicht über das trübe Wetter gesprochen, über den Handelshafen, ein exzellentes Studium oder Niederschläge aus Staren.

Als ich auf der Suche nach einem Pullover (der Zug war ungeheizt) in meinem Rucksack wühlte, berührten meine Finger all die Unterlagen, die ich auf diese Reise mitgenommen hatte, und ich zog sie hervor: die Werke von Plinius und Charles Fort, die Bibel und einen ganzen Packen Kopien, die ich vor meinem Aufbruch gemacht hatte. Damals hatte ich mir gesagt, dass des Rätsels Lösung ebenso in den Büchern wie in der Wirklichkeit zu finden sein würde. In Wagen 8, Platz 47, wusste ich nicht mehr so recht, was ich davon halten sollte. Aus dem Papierbündel kamen drei fotokopierte Seiten zum Vorschein, deren Existenz ich vergessen hatte. Darauf war von mir handschriftlich vermerkt: »Mao und der Große Sprung nach vorn«, und ich wusste nicht mehr, aus welchem Buch ich das hatte.

Der Zug fuhr an Bolbec vorüber, aber ich befand mich nun im China des Jahres 1958. Die Seiten berichteten von einer unglaublichen Episode der Agrarreform, die Mao angeordnet hatte und die eine der grausamsten Hungersnöte Chinas auslöste. Über die Zahlen herrscht Uneinigkeit, aber man geht von etwa dreißig Millionen Toten aus. Unter den Entscheidungen, die die Machthaber damals trafen, waren einige außergewöhnliche Maßnahmen. Mao hatte zum Beispiel eine Kampagne zur Ausrottung der vier Plagen gestartet. Sie sollte die Chinesen von Ratten, Fliegen und Mücken befreien, aber vor allem, und an diesem Punkt hatte ich erneut das Gefühl, dass alle Vorkommnisse auf der gesamten Erde – von China bis in die Haute-Normandie und bald auch anderswo und schon seit Jahrhunderten – bei mir zusammenliefen: Vor allem hatte diese Kampagne der vier Plagen es auf Feldsperlinge abgesehen. Beraten von sowjetischen Ingenieuren, hatte Mao in etwa diese Rechnung aufgestellt: Ein Feldsperling frisst jährlich zweieinhalb Kilo Körner (das nennt man »essen wie ein Spatz«). Nun gibt es in China allerdings an die zehn Millionen Feldsperlinge, die zusammen folglich 25 000 Tonnen Korn räubern. Die Vögel verschlingen eine Kornmenge, mit der man Zehntausende Chinesen ein ganzes Jahr lang ernähren könnte. Die Sperlinge hatten sich also des Diebstahls, unpatriotischen Verhaltens und antikommunistischer, umstürzlerischer Umtriebe schuldig gemacht.

Man musste Maßnahmen ergreifen, wie sie die kriegerische und maoistische Logik gebot. Der Beschluss, in Maos typisch sanfter Manier, sah vor, das Sperlingsvolk *vollständig* auszurotten. Er taufte die Operation nüchtern die Große Spatzenkampagne, auf Chinesisch *Dă Máquè Yùndòng*, so erläuterte eine Fußnote. Der Große Steuermann machte keine halben Sachen. Doch Schießpulver war teuer, und Gewehre waren rar. Die Ornithologen hatten allerdings herausgefunden, dass Feldsperlinge im Flug nur etwa zweieinhalb Stunden überleben konnten. Danach fielen sie vor Erschöpfung zu Boden. Hier wies eine zweite Fußnote darauf hin, dass der französische Name des Feldsperlings (*moineau friquet*) so viel wie »lebhafter« oder »aufgeweckter

Sperling« bedeutet, und dass man die Tiere wegen ihrer großen Rührigkeit so genannt hatte, in ihrem Verhalten einem wilden Insektenschwarm ähnlich. Maos Lösung, die seinem Grundsatz der Beteiligung der Massen folgte, bestand in der Einbeziehung des gesamten chinesischen Volkes, nicht mehr und nicht weniger, um sich der Vögel zu entledigen. Die Partei stellte eine große Propaganda- und Mobilisierungskampagne auf die Beine, um die Operation vorzubereiten. Am 18. April 1958, um fünf Uhr morgens, begann die Ausrottung. Ein jeder war angewiesen, Straßen, Felder, Dörfer und Wälder zu durchstreifen, das gesamte Staatsgebiet, bewaffnet mit Töpfen, Trommeln, Gongs, Steinschleudern, Blasrohren und Gewehren. Jung und Alt, Männer und Frauen verließen ihre Häuser, ehrlich gesagt, hatten sie kaum eine andere Wahl. Zweiundsiebzig Stunden lang, bis zum frühen Morgen des 21. April, nahm das Gelärme kein Ende: Die Menschen mussten an Bäumen rütteln, auf Vögel schießen, damit diese sich nicht niederlassen konnten, Anti-Spatzen-Gesänge brüllen und so viel Unruhe wie möglich verbreiten. Schlafen war verboten. In jedem Dorf wurden Wettkämpfe ausgetragen, um diejenigen zu belohnen, die die meisten Sperlinge zur Strecke brachten. Am Zugfenster sah ich die Landschaft ruhig vorüberziehen und versuchte, mir diese tödliche Hysterie vorzustellen. Drei Tage am Stück schreit und skandiert ein ganzes Volk, damit kleine Vögel vor Erschöpfung zu Boden fallen. Es ist ein Höllenlärm ohnegleichen. Man zerstört die Nester, zerbricht die Eier. Nach etwa vierzig Stunden stürzen Sperlingsscharen nieder. Man wirft sich schimpfend und schreiend auf sie, um ihnen den Rest zu geben. Ein paar Männer und Frauen brechen ebenfalls zusammen, verletzt, am Ende ihrer Kräfte, todmüde, manchmal im wahrsten Sinne des Wortes, und vielleicht war dies nur eine zaghafte Rache der Natur angesichts deren schaurigen Eifers. Auf den Plätzen zählen Parteivertreter die am Boden aufgereihten Spatzen, die ein jeder zusammengetragen hat. Man fährt sie auf Karren davon, wo sich die winzigen Kadaver türmen. Der Todesgeruch kriecht in jede Ritze, aber man hat das Gefühl, etwas Nützliches zu tun, das Korn zu retten, die Voraussetzungen für die größte Ernte zu schaffen, die China seit Jahrhunderten gesehen hat.

Am 21. April 1958 wird es von einer offiziellen Bekanntmachung der Partei vermeldet: Es gibt keine Feldsperlinge mehr auf chinesischem Boden. Der Große Sprung nach vorn hat mit einem Großen Sturz von oben begonnen. In zweiundsiebzig Stunden sind zehn Millionen Sperlinge getötet worden. Ich rechnete nach: Über drei Tage waren achtunddreißig Spatzen pro Sekunde gefallen. Das war zweifellos der größte organisierte Vogelregen der Geschichte, ein dichter Schauer, ein Unwetter sogar, ein Sperlingssturm, der Stunden um Stunden über die unermesslichen Weiten Chinas hinwegfegte.

Natürlich zeigte die Kampagne nicht den gewünschten Effekt. Als man Kanonen auf die Spatzen ausrichtete, hatte man nicht bedacht, dass die Tiere sich nicht ausschließlich von Körnern ernährten. Sie fraßen ebenso eine große Menge Insekten. Ohne natürliche Fressfeinde konnten diese sich nun nach Herzenslust der Vernichtung eines Großteils der Ernte widmen, die folglich noch katastrophaler ausfiel als ursprünglich befürchtet. Auf ihre besondere Weise hat die Große Spatzenkampagne zu der nachfolgenden schrecklichen Hungersnot beigetragen, die laut Berichten zu Millionen Toten und grausigen Szenen führte: Opferungen, Selbstmorde, Kannibalismus usw. Damit war der abartigen Folgen aber noch nicht genug, denn um die immer zahlreicheren Parasiten zu vernichten, verspritzte man Millionen Tonnen Insektizide auf der chinesischen Flur, und sehr schnell rissen die Sperlinge in ihrem Sturz Millionen von Bienen mit sich, und bald darauf alle Bienen. Deshalb gibt es heute in China auch keine einzige Biene mehr, und es bleibt den Chinesen nichts anderes übrig, als sich jedes Frühjahr selbst in mit Wattestäbchen bewehrte Insekten zu verwandeln, um Blüte für Blüte die Bäume des Landes zu bestäuben.

Wir verließen die chinesische Landschaft, der Zug erreichte nun die Vorstadt von Le Havre. Ich hatte jenes Bild der Massen vor Augen, die auf den Straßen und in den Feldern herumschrien, und das Bild der entkräfteten Spatzen, die man als Trophäen an lange Holzstäbe band. Ich näherte mich dem Strand. In meinem Abteil fummelte die junge Frau immer noch an ihrem Handy herum und machte jetzt, indem sie ihre Schnute jedes Mal auf fast unmerkliche Weise verzog, eine Reihe von Selfies, die sie unverzüglich an ein paar Freunde zu verschicken schien. Der kleine Junge war auf dem Schoß seiner Mutter eingeschlafen. Ich schlug das Tote-Vögel-Heft zu, in das ich gewissenhaft eine Zusammenfassung der chinesischen Episode übertragen hatte. Von Tag zu Tag hatte ich immer mehr Vögel im Kopf, immer mehr tote Vögel aus immer mehr Jahren. Dieses Heft war offensichtlich eine Grabstätte. Ich fragte mich, was das bei mir auslöste, in mir, diese Kolonien toter Vögel, die echten und die aus den Büchern, die aus China und die aus der Normandie, die von Plinius und die von Bonsecours. Ich spürte ihr Gewicht, und ich stellte mir meinen Geist als eine Kinoleinwand vor, die nach und nach unter einem großen Haufen aus Tierleibern erstickte; zur Schlussszene hin ins Rabenschwarze übergehend.

Die körperlose und universelle Zugstimme weckte den kleinen Jungen auf, indem sie ihn vor den Tücken des menschlichen Gedächtnisses und den Verheerungen der Nachlässigkeit warnte: »Wir erreichen jetzt den Bahnhof von Le Havre, dieser Zug endet dort. Bitte vergewissern Sie sich vor dem Aussteigen, dass Sie nichts im Zug vergessen haben. Zurückgelassene Gepäckstücke werden umgehend vernichtet.«

In Le Havre wollte ich keine Sekunde verlieren. Ich rief Jean-Pierre zurück, der am Strand auf mich wartete. Die »Gesundheitsbehörden«, so hatte er sich seltsamerweise ausgedrückt, waren noch nicht eingetroffen. Ich stieg in ein Taxi und teilte ihm mit, dass ich zum Strand von Pennedepie kommen würde. Jetzt regnete es richtig. Wir durchquerten die Stadt, um zum Pont de Normandie zu gelangen, einem riesenhaften Strebekonstrukt, das frei am trüben Himmel zu schweben schien. Der Taxifahrer schwieg. Ich vergnügte mich mit Tropfenwettrennen auf der Heckscheibe: Man musste einen Regentropfen auswählen und auf ihn setzen und dann sein Fortkommen beobachten, vom Wind vorangetrieben. Der Tropfen, der zuerst das Ende der Scheibe erreichte, war Sieger. Ich muss gestehen, dass ich manchmal schummelte und sofort auf einen anderen Tropfen wettete, wenn ich meinen Kandidaten schwächeln oder gar zerrinnen sah, um am Ziel nicht als Verlierer dazustehen.

Der Strand lag ein wenig südlich der Flussmündung. Nachdem man die Landstraße verlassen hatte, näherte man sich ihm über einen allerletzten Feldweg am Ende eines Parkplatzes, auf dem drei Autos und ein kleiner Lieferwagen mit dem Logo des Senders *France 3*

Haute-Normandie standen. Ich hätte es gern wie in den amerikanischen Filmen gemacht, wo man das Taxi bittet zu warten, bevor man die Beschattung wieder aufnimmt, aber ich hatte leider nicht die Mittel, um mir die Geduld des Fahrers zu erkaufen. Er machte kehrt und ließ mich allein auf dem Weg zurück. Jean-Pierre konnte nicht weit sein. Woher hatte er es gewusst? Wieso war er hier? Am Telefon hatte ich nicht die Zeit gehabt, ihn danach zu fragen. Ich hatte mir ausgerechnet, dass die Fahrt der *Seine Princess* am Vortag in Honfleur geendet haben musste. Vor meinem geistigen Auge ließ ich den morbiden Geländeplan der letzten paar Tage vorüberziehen. Ich hatte das Gefühl, eine Art Hänsel zu sein, der auf einem verwirrenden Pfad den vor ihm ausgestreuten Vogelkieseln folgt. Und wenn all das eine Falle war, um mich in die Irre zu führen?

Ich stapfte über den Weg, und als ich den Strand erreichte, entdeckte ich am anderen Ende einige Personen, etwa hundert Meter entfernt. Wir waren durch ein wahres Massaker voneinander getrennt. Es handelte sich dem Anschein nach um Krähen, sie waren jedenfalls kleiner als Raben und hatten einen gelben Schnabel. Krepierte Krähen so weit das Auge reichte. Die abebbenden Wellen schwemmten weitere Kadaver an, sodass die Vögel tot aus einer langen unterseeischen Strömung zu sprudeln schienen. Ertrunken, angetrieben von den Gezeiten, wirkten sie wie eine den Strand heimsuchende Quallenkolonie.

Ich hob einen Vogel auf; gern hätte ich noch seine Wärme gespürt, aber die Kälte musste schon lange die Oberhand gewonnen haben. Sein Gefieder hatte etwas Klebriges und Weiches, und ich verspürte kurz das Bedürfnis, mir damit über das Gesicht zu streicheln. Doch ich riss mich zusammen und drehte das Tier um: Seine Krallen waren verkrampft und steif, als hätte man es durch einen plötzlichen Stromschlag getötet. Der Geruch des Tangs mischte sich mit einem aasigen Gestank, dass es mir in Nase und Kehle stach. Ich versuchte, die Zahl der Vögel abzuschätzen. Auf einem Quadratmeter lagen etwa zwei, der Strand musste an die hundert Meter lang und fünfzehn Meter breit sein, das ergab 1500 Quadratmeter, also ungefähr 3000 tote Vögel. Würde so ähnlich das Weltende aussehen? Ich schaute auf meine Füße, um nicht auf die Krähen zu treten. Das zwang mich zu einer seltsamen Gangart. Die Körper meidend, wechselte ich zwischen großen Schritten und kleinen Schlenkern in unterschiedliche Richtungen. Von Weitem hätte man meinen können, ich führte in Zeitlupe die Ballettschritte eines Totentanzes aus, eine zeitgenössische apokalyptische Choreografie: Entrechats, Grand-pliés und Ronds de jambe auf einem Massengrab der Vögel. Ich stieg den Strand wieder hinauf, bis ich einen von Kadavern verschonten Grasstreifen erreichte, und ich betrachtete den weißen Sand, der mit Schwarz durchsetzt war: Im Sommer mussten andersartige Körper hier liegen, aufgereiht wie tot in Erwartung einer anderen Befreiung.

Ich ging weiter, um zu der Menschengruppe zu

gelangen, die mir kurz zuvor aufgefallen war. Es handelte sich um einen Kameramann, gefolgt von einem Tontechniker und einem Journalisten. Der Kameramann versank im Sand, vermutlich unter dem Gewicht seiner Ausrüstung. Der Tontechniker hielt sein Mikro in die Luft. Ich verstand nicht recht, was er hier aufnehmen wollte. Denn am eindrücklichsten war ganz eindeutig die Stille. Kein Flug, kein Gesang, die toten Vögel waren die absolute Negation ihres eigentlichen Wesens. Jean-Pierre trat auf mich zu: »Diese Vögel, sehen Sie sich das nur mal an, pah, ist doch bekloppt, die sind ja schon wie die Menschen, krachen runter wie diese Typen, die sich ins Nichts stürzen. Erinnern Sie sich an die Bilder von den Leuten, die sich aus den zwei brennenden Türmen geworfen haben, an diese formlosen Körper und ihren seltsamen Flug? Ich habe die Vögel hier nicht fallen sehen, aber so stelle ich mir das vor.«

Jean-Pierre hatte vielleicht recht, diese Vögel waren zu Menschen geworden. Sie stürzten auf die gleiche Weise: nur noch totes Gewicht ohne das Geheimnis des Fliegens. Und man konnte sich der Theorie eines kollektiven Selbstmords nicht länger entziehen. Vom Dasein erschöpft, entscheiden sich ganze Vogelkolonien, der Sache zusammen und zur gleichen Zeit in unverständlichen Gemeinschaftsakten ein Ende zu machen. Zu welchem Zweck wurden sie zu Märtyrern?

Jean-Pierre erklärte weiter: »Wie geplant, sind wir nach der Kreuzfahrt noch auf ein paar Tage zu meinem Schwager gefahren, er wohnt in Cricquebœuf, hier ganz in der Nähe. Heute Morgen habe ich dann einen Spaziergang gemacht. Ich habe Sie gleich angerufen.«

In Afrika gibt es angeblich Stämme, bei denen es verboten ist, Vögel im Flug zu töten. Die Jäger schießen erst, wenn ihre Beute wieder in den Bäumen gelandet ist. Ich hatte ebenfalls den Eindruck, gelandet zu sein: Die Schultern ruhten auf dem Oberkörper, dieser ruhte auf meinen Beinen, und die Beine ruhten auf der Erde, schutzlos den Schüssen des nächstbesten Jägers oben auf der Düne ausgeliefert; schlecht getarnt zwischen dem Stechginster, zielte er geduldig auf mich und meine unvorhersehbaren Bewegungen, wartete darauf, seine Schusslinie korrigieren zu können, auf Herz oder Kopf, wenn ich bloß endlich irgendwo zur Ruhe kommen und meinen irdischen Flug beenden würde, jenes Gebaren eines von Panik gepackten, psychotischen Perlhuhns. Wenn der Ermittler erst erledigt wäre, was bliebe dann noch von der Ermittlung?

Ich setzte mich, und wir warteten lange, ohne etwas zu sagen. Der Anblick dieses Strandes toter Vögel machte jeden Kommentar schwierig. Auf der anderen Seite der Düne, etwa hundert Meter entfernt, erhob sich ein Feld aus riesigen Windrädern. Sie erinnerten mich an Strandspielzeuge für Kinder und drehten sich in langsamem Rhythmus, gigantisch und lächerlich zugleich. Ich hatte Lust, jedes einzelne Windrad abzupflücken und in der entgegengesetzten Richtung dagegenzupusten. Vielleicht waren auch sie Ritter, gegen die es nun zu kämpfen galt, oder Gottesboten, dreiflügelige Geometrie, windige Dreifaltigkeit, die lenkte, was als Sturm als Liebe als Verzweiflung auf uns niederfiel. Dutzende toter Vögel waren mir innerhalb weniger Tage auf den Kopf gefallen und außerdem ein falscher Vorfahr, eine anmutige Frau, die ein Schiff steuerte, die Verheißung der Spontanzeugung. Und wenn es nun mit einem Mal Sinn regnen würde? Einen Gott, Bedürfnisse, Spuren.

Stattdessen bekam Jean-Pierre eine erste Alarmmeldung auf sein Handy. Und im Angesicht dieser trostlosen Szenerie erfuhr ich also *die* Nachricht, oder vielleicht sollte man besser sagen: die *Nachrichten*. Jean-Pierre las mir die Neuigkeiten vor, sowie sie eintrafen, das Grauen im globalen Rhythmus der Presseagenturen getaktet. Ähnliche Abstürze von Vogelschwärmen hatten sich überall auf der Welt ereignet: in Colorado, Indonesien, Schweden. Auch hatte man verendete Fische an der spanischen Küste, in Japan und Uruguay gefunden. »Es ist eine weltweite Krise«, erklärte Jean-Pierre in feierlichem Tonfall. Ich gab mir Mühe, nicht zu lachen. Die Vögel fielen in Massen, überall um uns her, überall auf der Welt. Und man wusste nicht, was der Grund dafür war. Von Weitem sah ich bereits zahlreiche Personen auf den Strand zukommen, sicher die »Gesundheitsbehörden«, und auch weitere Kameras, neue Schaulustige, zukünftige Bedenkenträger.

Meine kleine, unbeholfene Ermittlung erschien mir auf einmal ein wenig albern. Während der Welthimmel seinen großen Umsturz begann, saß ich nun am Strand von Pennedepie. Bonsecours war nichts als der Wegbereiter einer unermesslichen Katastrophe, das Omen eines Gemetzels der Unschuldigen von riesigem Ausmaß, ähnlich dem Kindermord von Bethlehem. Übrigens hatte es vielleicht nur aufgrund eines schlechten Wortspiels in Bonsecours begonnen: Für das, was uns in den kommenden Jahren erwartet, gibt es eindeutig keine »gute Hilfe« mehr, denn genau das heißt »bon secours« ja. Ausnahmsweise würde ich einmal sagen können, dass ich dabei gewesen war, als einer der Ersten, der die Fährte der Vögel verfolgt hatte, Prophet einer unbeachteten Vernichtung, ein in eine stumme Posaune stoßender Engel, ein auf eine Pauschalreise auf der Seine verirrter Kasperl, um die in ihr Verderben rennende Menschheit zu retten. Die Geschichte und die Welt, denen ich mich so fremd gefühlt hatte, packten mich unvermittelt am Kragen.

Mit einer gewissen Erregung in der Stimme fuhr Jean-Pierre fort, die weltweite Todesstatistik abzuspulen: 16 000 Lerchen in Uganda, 4500 Stärlinge in Trinidad und Tobago, 800 Wachteln in Oxford, mehrere Hundert Ringeltauben in Auxerre, 6000 Amseln bei Bukarest usw. usw. Meine innere Weltkarte war durcheinandergeraten, ich wusste nicht mehr, wo das Burgund und Rumänien lagen, noch, wie man eine Lerche von einem Adler unterscheidet, ich war überwältigt, unfähig, diese Neuigkeiten mental zu sortieren.

Schon bald würden seriöse Leute das Ruder übernehmen, Experten von der Presse interviewt werden, Ärzte, Wissenschaftler, diplomierte Ornithologen sich an andere Erklärungen wagen, Zeugen würden bezeugen, Politiker ihre Schlüsse ziehen, Leitartikler kommentieren. Später würden virtuose Romanciers virtuose Romane schreiben. Ich selbst fühlte mich dem nicht gewachsen: Die ganze Welt drehte öffentlich am Rad, und mich selbst betraf das kaum noch. Jean-Pierre setzte seine Litanei aus Pressemeldungen fort, die aus aller Herren Länder eintrafen. Ich fühlte mich auf friedvolle Weise überwältigt. Ich hatte diese normannische ornithologische Apokalypse irgendwie geliebt, ein Weltende vor der Haustür, ein sanftes Desaster, per Schiff erreichbar, wenige Stunden von der Hauptstadt entfernt. Diese lokalen Stürze schienen mir mit meinen geringen Kräften vereinbar. Was Katastrophen betraf, so musste ich mir eingestehen, war ich nichts als ein Amateur.

Ich dachte an einen Satz von Charles H. Fort zurück, diesen alten, spinnerten Okkultisten, dessen Werke ich gewälzt hatte: »In der Topographie des Verstandes ist das, was wir Wissen nennen, meiner Meinung nach bloß von Lachen umgebene Unwissenheit.« Man muss kein Intermediarist sein, um diese Robinsonade überzeugend zu finden, Charles: Die meisten Dinge entgehen uns, und wir können über unsere schlechten Deutungen bloß lachen.

Plötzlich überkam mich ein merkwürdiges Heimweh. Ich sehnte mich nach Paris und in meine Wohnung zurück, zu der japanischen Zimmerpflanze am Fenster, dem Berufsschreiber aus dem Erdgeschoss und den Verkäufern orientalischer Brautmode am Boulevard Barbès. In der Nacht wollte ich die wie ein Leuchtfeuer aufscheinenden bläulichen Neonbuchstaben der Modekette *Tati* wiedersehen: *TATI – Günstiger geht nie.*

Das Flugzeug nach Colorado besteigen? Mit dem Schiff nach Uruguay reisen? Die Welt umrunden, um sie zu retten? Die Seine bis zum Meer hinabzufahren hatte mir genügt.

Ich entfernte mich von Jean-Pierre, um ein wenig zu laufen. Ich rief meinen Vater an. Und zum ersten Mal seit zwei Wochen hob jemand ab. Ich hörte einen langen Piepton, dann ein Durcheinander englisch sprechender Stimmen, und schließlich hob sich von diesen, heiser und erschöpft, die meines Vaters ab: »Ah, du bist es.« Als wäre er erst vor wenigen Stunden aufgebrochen, entschuldigte er sich dafür, nicht auf meine Anrufe reagiert zu haben. Er war soeben auf Guernsey eingetroffen, an Bord war es zu Schäden gekommen, der Baum hatte sich gelöst, dann das Ruder, er hatte das wieder zusammenflicken müssen, er war durch ein mächtiges Tief aus der Irischen See vom Kurs abgetrieben, hatte beigedreht und es schließlich bis auf die Kanalinsel geschafft. Er hatte keine Zeit zum Telefonieren gehabt. Er fragte mich nach Neuigkeiten. »Du hast mehrmals versucht, mich zu erreichen, ist irgendwas passiert?«

Über die Vögel sagte ich nichts, ich hatte nicht den Mut, ihm das anständig zu erklären, und außerdem würde er es bald erfahren. Ich fragte ihn, was er jetzt vorhabe.

»Ach weißt du, ich bleibe ein bisschen auf Guernsey. Repariere das Boot, gehe spazieren. Diese Insel könnte glatt mein St. Helena werden.« Er ertrug Frankreich nicht mehr, erinnerte er mich für den Fall, dass ich es vergessen hatte. »Dieses Land widert mich an.« Dann schlug er mir vor nachzukommen, mit ihm zu segeln, als wären all die Jahre zuvor, die hasserfüllten Briefe und die Verratsbezichtigungen, nie gewesen. Ich wechselte schnell das Thema, um ihm nicht antworten zu müssen. Ich litt unter Seekrankheit und hatte andere Länder zu durchmessen. Ich überließ ihm nur zu gern das Abenteuer zur See. Wenn Odysseus einst verkleidet als alter Bettler zurückkehren wird, wird er so tun, als würde er uns wiedererkennen, wird seinen Bogen spannen und seine Konkurrenten niederstrecken. Penelope wird vielleicht bereits tot sein, sofern sie nicht im Altersheim gelandet ist, und Telemachos wird Ithaka für betörendere Orte verlassen haben. Allen anderen wäre es schnurzegal. Heutzutage würde sowieso niemand auf Odysseus warten, die Geduld haben wir nicht mehr.

Ich saß anstelle des lauernden Jägers auf der Düne und betrachtete den Strand, rechnete damit, dass eine dieser kleinen, gelben Plastikenten, die dem gesunkenen Frachter vor Alaska entkommen waren, gleich vor meinen Augen an Land gehen würde. Neben mir lag mein Tote-Vögel-Heft, das Marschgepäck der vergangenen Tage. Ich hatte eine letzte Wortfolge darin notiert:

Vögel, vogelfrei, piepegal, Vögelei, Piepmatz, Ermattung

Woraus bestand diese Liste? Ich las sie in verschiedene Richtungen. Sie war das, was übrig geblieben war, die letzten Silben, mein Schlussvokabular, die paar Zeichen, um die herum ich mich im Kreis drehte.

Es war nicht die letzte Seite in meinem Heft. Ich hätte es schön gefunden, wenn alle Geschöpfe der Schöpfung mein Arche-Noah-Notizheft bestiegen hätten. Aber man konnte auch etwas weiß lassen und eines Tages vielleicht sogar neue aufschlagen, weitere Hefte mit offenem Ausgang. Das Büchlein war inzwischen recht dick, ich drückte es an mich. Diese Abfolge von Hirngespinsten war vermutlich das einzig Gehaltvolle, was ich seit ein paar Jahren zustande gebracht hatte. »Womit hast du deine Jugend verbracht?« – »Ich habe ein Tote-Vögel-Heft gefüllt.« – »Ah, sehr schön.« Wie wenn man sein Übungsheft für die Ferien beendet: Das, was danach kam, war aufregend und grauenhaft zugleich. Ich dachte darüber nach, es am Strand liegen zu lassen, es in Regenwasser und Sand zu tauchen, um das traurige Bestiarium in seinem Innern zu befreien. Ich wusste, dass ihm klare Kapitel, lateinische Taxonomien und aufwendig illustrierte Stiche fehlten. Es gab viel zu viele unwahrscheinliche Geschichten, Fragezeichen und falsche Fährten. Ich hätte es lieber gehabt, wenn es mehr exotische Arten umfasst hätte, Zugvögel, endemische Beuteltiere, riesige Moskitos, Koalas und noch vollkommen unbekannte Hyänen. Ich hätte mir gewünscht, dass man darin Gazellen vor großen Raubtieren davonspringen sähe und Antilopen, die so schnell wie Antilopen rennen. Bald würden diese Geschichten von der Flut verschlungen werden. Vielleicht sähe man ab und an noch Tiere an die Oberfläche vordringen, auf der Suche nach etwas Luft: Eine Ziege ränge mit den Wogen, ein Igel spränge auf den Rücken eines Rochens, Stare flögen wieder auf.

Ich schrieb eine Nachricht an Clarisse, und es war eine sehr alberne Liebeserklärung wie aus einem amerikanischen Film, nach dem Motto: *Love is for the birds.* Ich streckte mich auf dem Strand aus, und ein Seemannslied kam mir wieder in den Sinn, den Segeltörns meiner Kindheit entsprungen. Ich fing an, es vor mich hin zu summen: »Fünfzehn Mann auf des toten Manns Kiste / Jo hej ho und 'ne Buddel voll Rum / Schnaps stand stets auf der Höllenfahrtsliste / Jo hej ho und 'ne Buddel voll Rum.«

Das Gemeinschaftliche dieses Piratengelages tröstete mich, und ich konnte beinahe den Geschmack des gemeinsam getrunkenen schlechten Rums der Seeleute auf großer Fahrt auf der Zunge schmecken. Der Sand war kalt, und Strandgras kitzelte mich am Rücken; ich setzte mich wieder auf und blickte über das Feld toter Krähen hinweg. Ich sah einen weißen Silberreiher, hoch auf seinen langen Stelzen, schlaksig, aber schön, der den Strand am Meeressaum abschritt. Von ferne hätte man meinen können, er zähle die toten Vögel oder bewache sie, oder vielleicht bereitete er sich auch darauf vor, aufrecht und lächerlich, den Feinden seiner nächsten Duelle entgegenzutreten.

Die Bibelzitate aus der *Jerusalemer Bibel* stammen aus der deutschen Einheitsübersetzung der Neuen Jerusalemer Bibel, Herder (Freiburg 1985), hrsg. und neu bearbeitet von Alfons Deissler und Anton Vögtle in Verbindung mit Johannes M. Nützel.

Das Buch der Verdammten von Charles H. Fort wird zitiert nach der Übersetzung von Jürgen Langowski, erschienen bei Zweitausendeins (Hamburg 1995).

Die Naturkunde des Plinius wird zitiert nach: C. Plinius Secundus d. Ä.: *Naturkunde. Buch II. Kosmologie*, hrsg. und übersetzt von Gerhard Winkler und Roderich König, Artemis und Winkler (Stuttgart 1997).

Georges-Louis Leclerc de Buffons *Histoire naturelle* wird zitiert nach: *Herrn von Buffons allgemeine Naturgeschichte*, übersetzt von Friedrich Heinrich Wilhelm, bei Joachim Pauli, Buchhändler (Berlin 1771).